クレインファクトリー

三島浩司

徳間書店

目次

プロローグ

商店街の入口から四軒目。電器屋の前に黒山の人だかりができていた。アーケードの下はいつも向こうの端まで見通せるくらいなのに珍しい。それを通り越してそわそわとした気持ちになった。

電器屋の主人が前につんのめりながら表に出てきた。危うく両手から落ちそうになったのはデジタルカメラだったようで、ぎこちなくひるがえるとにぎわう店頭の様子をさっそく撮りはじめた。

「電器屋さん、こんにちは」

「おおマドくん――」

主人は前歯を覗《のぞ》かせてほおにしわを走らせた。

「――さっきまでお母さんもいたんだけどね。魚を出しっぱなしにしてたとかいって走って店に帰っていったよ」

「最近知らない猫が忍びこんでくることがあるんだ」

「ウチもそうだ。台所だけは戸をピッタリ閉めとかないと」

「このいっぱいの人たち、なにを買いにきたの？」

「見ていってごらん」

見上げるばかりの大人たちを縫うように体を割りこませていった。するとそこにはいつも通行人に知らんぷりされている大型テレビがあった。

マイクを握った男が大画面にドンと映っている。そこへ横から腕が伸びてきて、ダンクショットのように男の頭にヘルメットをかぶせた。

『引き続き現場からお伝えします。先ほど警察により立ち入り規制が設けられまして、我々報道陣は沿道を五〇m以上西側に移動しました。しかしこの場所も危険と判断された場合、規制線がさらに西側に移される可能性があります。爆発はいまも断続的に起きています』

報道番組の画面右上には「中継　ロボットの暴走」というスーパーが出ている。左上の「此先《このさき》ファクトリーズ」とはなんだろう。

『ご覧いただけるでしょうか。もくもくと黒煙が立ち上っています。通報後の早い時点で到着したワンボックスタイプの警察車両です。工場のロボットが放った可燃性の薬品から引火し、道路上の炎はいまや機動隊の小型警備車の手前まで迫《せま》っています。これは映画のロケではありません！』

大画面の下側にはワイプの窓にスタジオの司会者の顔が出ている。その横にもう一つ窓が現れた。

『スタジオでは尾谷《おだに》教授のご自宅とビデオ通話がつながりました』

やや髪が薄くなった頭のてっぺんばかりが映っている。首元を見てワイシャツにネクタイを締《し》めているようだ。

『尾谷教授、今日はお休みのところ恐縮ですが、いくつか見解をうかがわせていただきたいと思います』

『……ああ失礼』

ネクタイが少し傾いている。鳥の巣のようなヘアスタイルも少し傾いている。

『状況はどの程度把握されていますか?』

『いちおう自宅でニュース速報から見とりました』

『すでに工場関係者からけが人がでています。こうして警察車両も炎上しています。これはロボットの反乱と見なしてもよろしいでしょうか』

『現段階での断定は避《さ》けるべきでしょうな。ロボットたちは暴力的な行為におよんどりますが、工場関係者かその他に首謀者がいてロボットたちに命令を下したのか、AIをもったロボットたちがみずからの意思で動いているのか、確度の高い情報を待ちたいところです』

『前者の場合はテロの可能性、では後者の可能性はどれくらいあるとお考えでしょうか』

『五分五分《ごぶごぶ》を少し上回っているくらいだと思っとります』

『その根拠をお聞かせ願えますか?』

『映像を見たかぎり、ロボットが少なくとも二〇体くらいは同時に動いとりました。しかも異なる動きです。誰か人間がリモコン装置で操っているとは思えません。また、これだけの複合的な動きを事前にプログラムであたえるのは相当難しいでしょうな。それだったらロボットの間で目的意識というか方向性のようなものが共有されておって——』

ワイプの窓を残してヘリコプターによる上空からの映像に切り替わった。すると右上のスーパーまで「ロボットの反乱か!?」「警察車両炎上《し》!」に変わった。

大きな建物が三つ四つ並んでいて画面の半分を占めている。その建物に沿って広い直線道路が走っており、そこにタイプの違う車が間隔を空けてとまっている。車はミニカーのように小さく、人の姿にいたっては米粒《こめつぶ》ほどだ。その様子がぼやけているのは黒煙が上空で広がりはじめているせいだろうか。

『——仮になんらかの作戦があるのだとしたら、その実行精度が非常に高いように見えます。爆薬入りの容器が投げられた映像が流れとりましたが、きれいな放物線を描いてパトカーにも的確に命中しとります。さっき私は首謀者といいましたが、人間の机上の計算がどこかに入りこむと、ロボットはヘマをするものなんですよ。とんちんかんな動きというかね。しかしそれがない。人間の知能を超えた、ＡＩのなせる業《わざ》です』

『尾谷教授はかねてから一貫してＡＩロボットの存在に反対の立場をとられてきましたが、それはこういった事態を想定されていたということでしょうか』

『私はね、頭ごなしにＡＩをダメだといったことは一度もないんですよ。私が反対してきたのは無人化ばかりを美徳とした此先ファクトリーズの風潮です。ロボットたちに自分で考える力をあたえても、そのロボットたちを管理するのはあくまでも人間でなくてはならん。管理までロボットに任せてはいかんということです』

『土曜日というこいっそう従業員が少ない日にこうして事件は起きた、そのあたりにも関係してくるわけですね？』

『……まあ遠からずです』

　映像がレポーターに切り替わった。マイクを持った右手でイヤホンを押さえながら左手に持ったクリップボードに目を落としている。

『すでにお伝えしたものに情報をいくつか補足します。ロボットの暴動現場はスピカディスプレイ株式会社が所有する工場前。東西に広がる此先ファクトリーズの中では中央の南側に位置します。問題のロボットは日頃この工場内で働いている機体で間違いないそうです。ロボットの製造元はＪＳＰ精工株式会社。オフィス国見《くにみ》デザインで開発されたクレイン・シリーズの量産機ということです。この工場では繁忙期で最大七〇機ものロボットが同時に稼働。それに対して従業員は出荷日の五人を最大に、警備員を除けば数日にわたって無人化することもあるそうです』

『これまでに大きな問題が起きたことはなかったのでしょうか』

『大惨事につながるようなことはなかったとのことです』

『尾谷教授、このあたりいかがでしょう』

『そもそも工場に人がいないんだから、人身事故も起きようがないというだけの話でしょう』

炎上する警察車両の様子をまたテレビカメラがとらえた。ズームしているだけに鮮明さはないが、黒煙を生む火の勢いが明らかに強くなっているのがわかる。

大型テレビを取り囲む大人たちがどよめいた。うしろ襟《えり》から氷でも入れられたように、そこからシャツの中を一瞬で鳥肌が広がった。

消火器を持ち寄ろうとした男に向かってロボットが容器を投げた。それは直撃しそうに見えたが、映像は寸前でヘリコプターの内部に切り替わってしまった。

「通して」

大人たちを縫うように人だかりをすり抜ける。まだぞっとした感覚はおさまらない。大きな一つ目《モノアイ》をもったキューピッドのようなロボットだった。将来人間がひどい目に遭わされることがあるとすれば、それは宇宙人からだと思っていたのに。

アーケードの下を斜めに走って薬局の前を通りすぎる。寿司屋とラーメン屋だった二つの店舗はシャッターを下ろしてしまってから久しい。耳鼻科があって、またシャッターをはさんで眼科がある。眼科の向かいは本屋。そして本屋の隣は——。

おもちゃ屋の向かいを通るのがあれほど恐いと思ったことはなかった。

あゆみ地区

駅前の時計塔が視界に入り、若菜窓《わかなマド》は小さく息をついた。その長針と短針は、目がしらの汗をぬぐっている間にピタリと重なっていた。

南中をむかえた太陽がアスファルトを情け容赦なく灼《や》いている。足下《あしもと》から伸びる影はせいぜい子犬をかくまえるほどの広さしかない。

バスロータリーに設置されているスピーカーがくぐもった鐘の音でなじみのない旋律をかなでている。たぶん市歌だろう。その演奏が終わるのを待っていたのか、それとも交差点の信号のタイミングを見計らっていたのか、いま一台の路線バスが発車したようだ。

ジリジリと音を立てて窮屈なカーブを曲がっていく。ネクタイを首元まで締めた運転手は軽々とハンドルを切り、車窓の奥には乗客たちのすました横顔が並んでいる。

ジリジリとした音はロータリーの出口まで続いた。重みと熱を一身に受けたそのタイヤの音は、まるで不遇なパーツとして生まれてきた運命をなげいているかのようだ。

「間もなく二番線に……」

列車の到着を告げるアナウンスを耳にしながらマドは此先《このさき》駅の南口に飛びこんだ。幅の広い通路は向かいの北口まで人影がなく、壁と天井に囲まれているのに奇妙な開放感があった。

中央の改札口に着くと、正面に延《の》びるプラットホームの様子が見えた。

（間にあった。これでいい）

二番線は向かって右側。まだ列車の影はない。それはプラットホームのはるか先に燃える陽炎《かげろう》の中にあった。わずか二両編成がゆっくりと終着の駅に近づいてくる。

マドはシャツの前立てをつまむとふいごのようにして胸に風を送った。汗でベッタリと張りついた背中側はもう手のほどこしようがない。此先駅は駅舎の建築が進んでいると噂《うわさ》で聞いていたのでエアコンが効《き》いているものと期待していた。しかしプラットホームは木製の柱と梁《はり》に屋根がついた程度で線路には外壁がない。

（入ってきた）

マドは滑《すべ》りこんできた列車に視線を注ぎながら背後の壁まで後退した。やがて列車は静かにとまったが、定刻でも待っているかのように扉を開くまでにひと呼吸もふた呼吸もはさんだ。そして人の波があふれ出てきた。

予定では、末永広海《すえながひろみ》という若者がやってくるのは次の列車だ。それがわかっているのに、マドはこうして彼を迎える準備をすでに整えていた。

去年の春、マドは初めてこの駅に下り立った。初めて実家を離れて、初めて訪れるゆかりのない土地――。

当時は駅と呼ぶには未熟な施設だった。かつてここは貨物専用の駅として使われてきた経緯があり、プラットホームは延長工事中で乗客は先頭車両から下ろされたのをおぼえている。改札機も調整中で駅員がろくに確かめもせずに切符を回収していた。そしていま立っているこの場所は屋根もなければタイル張りの通路でもなかった。ロープが張られた向こう側はコンテナが山積みになって放置された原っぱだった。

離れた場所に仮設トイレがあった。一生大樹にはなれそうにないやせた桜木があった。ドリンクの自動販売機があった。ベンチと呼べるものはなく、タイプの違う椅子が二脚並んで置かれていた。電話は駅長室で借りられたが結局一度しか使わなかった。

それ以外になにもないこの場所で延々と待たされた。

くる約束になっていた迎えがこなかったのだ。

心細いというよりも、歓迎されていないように思えて不安だった。一人で家を訪ねていくくらいの自信はあったが、迎えの者と行き違いになっては失礼なので思いとどまった。「もう少しだけ待ってみよう」を繰り返しているうちに陽《ひ》は暮れていった。

そしてようやくそれらしき若い女がスクーターに乗って現れた。しかし悪びれた様子はいっさいなく、まるで「遅刻したのはそっち」といわんばかりの態度に終始した。挙げ句の果てにスマホのマップでチョチョイと道順を説明しただけで、「私はこれから大事なバイトがあるから」といってスクーターを勢いよく発進させた。勢いよく発進させておきながら、やせた桜木の横を通りすぎかけたところで急停車させ、枝の中ほどから先端にかけてチョロッとだけ開いた八重咲きの花をしばし見上げていた。

なぜかその姿は鮮明に記憶に残っている。しかしそのやせた桜木はいまはなくなってしまったようだ。

村本《むらもと》桜《サクラ》という女だ。五つ年上の二三。今日も一つ屋根の下に暮らす間柄であり、日々の生活で一番のストレス源になっている。余計な衝突はしたくないので自分のほうからは話しかけないようにしている。

「――ひょっとして若菜くんかな？」

マドはふと我に返った。サクラのことを考えだすとつい頭に血が上ってしまう。

「は、はい！」

いつのまにか目の前に若者が立っていた。マドは思わず頭を横に傾けて改札口の向こう側に目を細めた。閑散としたプラットホームには二番線に停車する車両があった。

「末永だ。末永広海。ボクを迎えにきてくれたんだよね」

「………」

背丈《せたけ》はマドよりも少し低かった。細く整えられた眉と高い鼻で模範的なT字を成している。季節を混乱させてくる白い肌。感情を裏側に封じこめた不動の瞳。しかし鼻の下に浮かびはじめた汗の粒が温もりのある人としての印象を補っていた。

「そうです。すみません。ちょっとビックリしちゃったもので。予定では次の電車のはずでしたよね。ボクはそう聞いてきました」

「ああ、一本早まっちゃった。発車間際の電車が目に入るとついつい飛び乗っちゃうんだ。ほとんど条件反射。まったくせっかちな性格だよ」

「そうでしたか。でもボクも早めに着いておいて良かったです」

「まさかここまで走ってきてくれたの？　汗びっしょりじゃないか」

「今日は走ろうが歩こうが外は一緒ですよ」

「そうかい。とにかく夏休みの間、世話になるよ」

美術大学の三年生だと聞いている。大学の夏休みは長くて秋の入口まで続く。ふつうは旅行をしたりアルバイトに精をだすものだろうが、広海の場合は来年にひかえている卒業作品の準備のためにやってきた。

広海は人の往来のない北口に少し目をやっただけで南口に向かって歩きはじめてしまった。

サンドバッグを連想させる細長いリュックサックを背負っている。ぎっしり詰めこんでいるようだがでこぼこしたところがいっさいない。もう一つの荷物は薄っぺらい手提げカバンでスマートツールでも入っていそうだ。

「こっちであってるよね」

「はい」

相変わらず広海が半歩先をいそいそと歩いてゆく。せっかちな性格というのは本当のようだ。

　そして日なたが入りこんできている手前で足をとめた。

「それで、ここからはどうやって行けばいいのかな。あの極彩色《ごくさいしき》にペイントされたマイクロバスに乗るの？」

「あれはフリーパスを買って観光客が乗ります。あゆみ地区の工房エリアを巡回していて、買い物をしたらパスのお金が戻ってくるシステムです」

「じゃあそっちのバス停は？」

「そのうち路線バスがくると思います。歩くよりは早く着きますけど、歩きませんか？　ボク、財布置いてきちゃいました」

　とはいえ前を向いているだけで目を細めてしまう日射しの強さだ。木陰《こかげ》を意識してルートを選ばなくては、白磁《はくじ》のように肌が白い広海にはこたえるかもしれない。

　二人は肩を並べて駅舎から足を踏みだした。

　広海が手提げカバンからタブレットを取り出し、それとなく手提げカバンを預けてきた。タブレットでなにをするのかと思えば駅前の様子を撮影しはじめた。特に名所と呼べるエリアでもないのに。

建設事務所の不ぞろいな軒が並び、弁当屋とマイナーなコンビニエンスストアが看板を出しているだけで、ファミリーレストランやファストフードの店は一軒もない。ここあゆみ地区の中では、じつは此先駅の周りが一番開発が遅れている。開発計画はいまだ定まらずに議会で揺《ゆ》れている状態だ。

「おばさん元気？」

広海がタブレットを目の高さに掲げながらたずねてきた。

「国見《くにみ》さんですか？　お元気ですよ」

「ハハ……、そうかい。おばさんはちょっとしょんぼりしているくらいがちょうどいいんだけどな」

国見千晶《ちあき》はマドの里親《さとおや》だ。このゆかりのない土地で親代わりの存在。広海にとっては伯母《おば》にあたる。母親の姉だ。

千晶は脚が不自由で、近所くらいなら松葉杖でなんとか回れるが、それ以上になると車椅子が必要になってくる。だからこうしてマドが広海を迎えにきた。広海のいう「しょんぼり」とは千晶が脚をわずらった当時のことをさしているのかもしれない。

「あの大きな建築現場、たぶんあそこに工芸組合の会議所が建つんだろうな。そして隣り合わせに伝統技術の研究所」

「よくわかるんですね」

「町のホームページに載《の》ってた」

「ふうん」

「でもどうせなら宮大工《みやだいく》に造らせてほしかったものだな。鉄筋コンクリートのビルなんて味気ないよ」

「観光や見学にくる人はみんな期待しているみたいですけど、あゆみ地区にある工房なんかも、残念ながら半分以上が鉄筋の建物ですよ。以前は産業メーカーの事務所として使われていたものを流用しているだけですから。テレビでは雰囲気のある工房だけを選んで紹介しているんです」

あゆみ地区には日本全国から伝統工芸士が集まってきて工房を開いている。陶芸《とうげい》や木竹工《もくちくこう》や金工《きんこう》、織物《おりもの》や和紙作りなど。作業の様子は公開されていて誰でも見学することができる。

人々に「てづくり・ものづくり」の魅力を伝えることが狙《ねら》いだが、もう一つ重要な目的がある。それは不足している伝統工芸の後継者を募ることだ。逆に伝統工芸の仕事に就《つ》きたいとなんとなく考えているだけの人でも、あゆみ地区にくれば具体的に将来のビジョンを描くことができる。そういった点で工房エリア全体が就職セミナーの会場になっているといってもいいだろう。

　このように、伝統工芸を保護しようという方針は政府の肝《きも》いりのプロジェクトになっていて、多額の税金が割り当てられてあゆみ地区という特別地区が誕生した。

　少しずつではあるが、伝統工芸の道に進みたいという若者も現れ、取り組みは一定の効果をあげている。後継者候補を確保した工房は地元に帰ってゆき、また地方から別の伝統工芸士がやってきて工房を開く。こうしてあゆみ地区は少しずつ人の入れ替えをしながら維持されている。

「広海さんは、どの工房を見学しにきたんですか？」

「特に決めてきたわけじゃないよ。夏休みをかけてできるだけ見て回るつもり。なにかインスピレーションをあたえてくれるものと出会えたらいいんだけどね。どこかオススメはある？」

「オススメできるほどボクもくわしくは知りませんけど、漆器《しっき》と焼き物の工房はアルバイトでお世話になったことがあります」

「漆器といったらウルシだね。じつはウルシには興味があるんだ。作品の表面の仕上げに使えないかと思ってね。でもアルバイターごときに高度なウルシ塗《ぬ》りをさせてくれるっていうの？」

「いえ、そのときにしたのは工房の掃除です。ウルシ塗りはホコリが天敵だそうで神経を使いました。レインコートを着てやったんです。焼き物の工房ではイベント用の窯造《かまづく》りを少しだけ手伝いました。あとは成形した素材に塗る釉薬《うわぐすり》作りとか。どの工房も各地から大所帯でやってきているわけではありませんから、アルバイトのボクたちは引っ張りだこです」

「そっか。べつにお金を稼ぎにきたわけじゃないけど、働きながら学ぶのもひとつの手だな」

「さっき表面の仕上げっていいましたけど、樺細工《かばざいく》なんてどうですか？」

「樺細工か……。樹皮《じゅひ》を使うんだよね。木の皮」

「ええ、ヤマザクラの樹皮をなめしたものを、接着剤のニカワで表面に貼りつけて品物を装飾するんです。その工房が教室を開いていたんで、ボクは国見さんにお願いして一時期通わせてもらったことがあるんです」

「興味がでてきた」

広海がさっそくタブレットで検索しようとしたが、照り返しが強いのかすぐに見るのをやめた。マドが手提げの口を開いてみせると彼はタブレットをそこに落とした。

「この辺りはずいぶんと更地《さらち》が多いんだな。ひょっとしてあの土手の向こう側もそうなの？」

「全部分譲地で、住宅が建つ予定です。こんな感じで、あゆみ地区の西側が住宅地になってます。工房は五〇近くあって、真ん中からちょっと東寄りにひとかたまりのエリアになっています。さらに東に行くと生活のお店がぱらぱら。まだ大型のスーパーはないです」

「都会の生活に慣《な》れた人間が住むには不便だって、おばさんがいってた」

「あゆみ地区は当初の構想から逸《そ》れて、観光地になりつつあります」

「そんなふうには見えないけどな。これだけ民家が並んでいると」

「工房エリアのほうは雰囲気が違いますよ」

「伝統工芸を保護するために国が指定した特別地区だろ？　そこを若菜くんが観光地と感じてしまう理由は？」

「ＰＲのしかたに表れるんです。技術の紹介が〝２〟くらいで、あとの〝８〟は売り物としての工芸品です。現実に目を向ければ、仕事の見学にくる若者よりも、おみやげ目当てでやってくる人のほうが断然多いです。イベント期間ばっかりうまく狙えば全国の工芸品が手に入りますから。それにこれからは外国人旅行客をターゲットにするような向きもでてきましたし……」

「観光化するんなら、ホテルも建てなくちゃいけなくなるし、飲食店も必要だ。そうなるとごみごみした繁華街みたいになっちゃうだろうな」

「ですから住民と議会の間で町づくり案が対立しているんです。たぶん住民側が押し切られるだろうと、国見さんはいっていました。いつまでも国の税金に頼るわけにはいきませんから。最近は商い目的の工房が増えてきちゃってるみたいで、後継者確保は二の次です」

「物が売れればその伝統工芸が栄えて、その世界で働こうとする人間も自然と現れる、という考え方もできるよ」

曲がり角を折れたところで広海が一瞬足をとめ、やや背中をのけ反《ぞ》らせたように見えた。

車道の両側から街路樹が中央に枝を伸ばしている。はるか先まで続く木陰のトンネルは蟬時雨《せみしぐれ》のトンネルにもなっていた。その大合唱のボリュームときたら動悸《どうき》をもたらしてきそうなほどだ。地面に落ちた光と影のコントラストが瞭然《りょうぜん》としている。此先駅の行きと帰りの間で夏の色合いがまた一段と濃《こ》くなったような気がした。

二人は歩きはじめる。広海の何気ない問いかけの声がさっそくかき消される。やがてどちらからともなくジェスチャーをくりだすようになっていった。

「そういえばおばさんから聞いたんだけど、なにやら問題児がいるんだって？　問題児といったら失礼か」

「サクラさんのことでしょうか」

「名前まではいってなかったな。とにかく同居してる人のことだよ」

「やっぱりサクラさんです」

「ふだんは、なにしてる人なの？」

「いまは隣町まで働きにいってます。ボクがここにくる以前は、手漉《てす》き和紙作りの見習いをしていたらしいんですけど」

「やめたのかい」

「はい。和紙作りは比較的に指導がゆるいはずなんですけどね。弟子入りの徒弟制度もないそうですし。それだったらたとえ他の工房に入っても、結局最後は投げだしていたんじゃないでしょうか」

「でも隣町に働きに行ってるんなら、もうここに住む理由もないんじゃないの？」

「そうなんでしょうけど、国見さんが許しているんです。国見さん、恐いんですけど甘《あま》いんです」

「おばさん、…………のかもな」

広海の声をかき消したのが蟬時雨だったのか、横を抜かしていったマイクロバスの音だったのか、それはわからない。マドは小さくくちびるを嚙《か》んでいるように見える広海の横顔から、サクラのわがままを許しつづける千晶の心情を推《お》し量ろうとしていた。

「――あっそうだ。くれぐれもサクラさんとはけんかしないでくださいね」

「けんかだなんて、ボクはそんな血の気の多い人間じゃないよ」

「サクラさん、お世話になってる国見さんにも食ってかかるんですから」

「あのおばさんとやりあうなんて大したもんだ。今度実家に帰ったときのみやげ話になるよ」

マドの口元はゆるんだ。

広海がどんな若者なのか、昨日からいろいろ想像をめぐらせていた。彼が気性《きしょう》の荒い千晶に似ていたらと思うと不安でしかたがなかった。衝突が増えて家の中がさらに騒々しくなってしまう。

しかし心配はなさそうだ。広海はクールで、クレバーな印象もある。サクラが〝嚙みついて〟きても適度にかわし、そのうえ彼女をうまくコントロールしてくれるかもしれない。

マドは広海の肩をたたき、道の先に見えてきた建物を指さした。

「いま二人組の女の子が出てきたのがおばさんの事務所です」

「あの二階が少し表に出っ張った建物かい」

「はい」

千晶はこの辺りがあゆみ地区と名づけられる前から住んでおり、そしてここで仕事をしてきた。だから住民の間では一目置かれる存在だ。

「また一人出てきたね」

「あんなふうに、ふだんから若い子の出入りが多いんです」

工房は慢性的な人手不足で、千晶が元締め役になって人材を割り振りしている。アルバイターにとっては安定して仕事を回してもらえる派遣会社になっている。

広海が少し小走りになって進んでいき、表玄関のガラス戸を開けて入っていった。マドは小さなため息をつき、手の甲で額の汗をぬぐった。

中には受付カウンターをはさんで立つ若い男と千晶の姿があった。千晶はそのカウンターに両腕を載せて体を支えている。老眼鏡をずらして上目遣《うわめづか》いにこちらを見てきた。

「マドや、広海兄《にい》ちゃんの布団を上に運んでやっとくれないか」

千晶は壁際にしゃがみこんでリュックサックの中をさぐっている広海に目をやった。

「布団はどこに？」

「さっき届いたのが外にあるはずだよ」

「わかりました。ちょっと見てきます」

マドが事務所の脇に回ると自転車の上にどさっと載せられている布団のセットがあった。たぶん公民館からの借り物だろう。危なっかしいバランスで野良猫が一蹴りすれば自転車が倒れそうだ。

今日から広海も二階の部屋に寝泊まりする。二階には外付けの階段で上るようになっている。かつてそこは社員寮として使われていたらしく、一階が産業用ロボットの設計事務所だった。社長をしていたのが千晶。まだ彼女が階段を駆《か》け上れていた頃の話だ。

布団を広海の部屋に運び入れ、再び一階の事務所に戻ると、若い男とそして広海の姿まで消えていた。

「あれ？　広海さんは？」

「ああ、サクラがひょっこり帰ってきて、あっという間に連れていったよ。昼ご飯じゃないかね。マドも追いかけてごらん」

広海の細長いリュックサックが壁に傾いた状態で立てかけられている。その手前に置かれた薄っぺらいカバンからはタブレットが顔を覗かせている。この様子だとサクラに問答無用で引っ張っていかれたようだ。

「どうしたんだい。たぶん裏の定食屋か喫茶店だろうよ」

「いえ、ボクはお母さんと食べます」

「……そうかい。じゃあなにか作ってあげるからこっちおいで」

広海のカバンを拾おうと手を伸ばしたら、リュックサックのほうが壁をこすりながら勝手に倒れていった。

この夏も、サクラをコントロールできる人間は現れそうにない。


民家がとぎれた場所に差しかかり、マドはワゴンを押すのをやめて山の手を眺めた。さっきから鈍く騒々しい物音が蟬の合唱に混じっているのが気になっていた。

(今度はあの廃墟《はいきょ》が取り壊されるのか……。なんの工場だったんだろう)

粉塵《ふんじん》が舞わないように放水を浴びせながら、先端にはさみを持ったロングアームの重機が鉄筋コンクリートの建物を壊している。あの辺りも更地にして、いずれは住宅地になるのだろうか。

七年前まで、この一帯は現在のあゆみ地区をふくめて此先ファクトリーズと呼ばれていた。工場《ファクトリー》が群がって建っていたのだ。此先とは「この先」であり、近未来のことだ。

　此先という地名は、いまはもう駅にしか残っていない。当時あの一帯は此先ターミナルと呼ばれ、貨物駅があり運送トラックの発着地点にもなっていた。コンテナに詰められた原料が次々と運びこまれ、それを元に工場で生産された製品が次々と出荷されていた。

〝世界一の過疎地帯〟、そんなうたい文句もあったらしい。此先ファクトリーズには人間の働き手がほとんどいなかったからだ。

　人間の代わりに働いていたのはたくさんのロボットだった。そのたくさんのロボットを束ねていたのもまたロボットだった。

　ロボットたちは疲れ知らずで、給料も要求してこない。定期的にボディのメンテナンスは必要だが、自動化されたメンテナンス装置も工場の中にちゃんと設備されていた。これが未来の工場の姿だと、人々は右肩上がりを示しはじめた生産力に目を細めていた。

　工場は無人に近ければ近いほど高い評価を受けた。将来、労働者が不足する時代がやってくることが予想されていたからだ。此先ファクトリーズに無人工場を構えることは企業の先見性をアピールすることにもなった。生産と宣伝の目的を兼《か》ねてロボットはどんどん高性能化されていった。

最終的に工場から人の数を大幅に減らすことを可能にしたのは、ＡＩ（人工知能）の技術だといわれている。あらかじめあたえられた知識だけで動くのではなく、ロボットに自分で考える力をもたせたのだ。

再びワゴンを押そうとしたら、誰かに呼ばれたような気がしてマドは振り返った。

「やっぱりマドくんだ」

あゆみ地区で何度か見たことのある女の子だ。確か〝ふみち〟と女の子仲間から呼ばれていたと思う。それはおそらくあだ名だろうが、名前からとられたのか、苗字からとられたのか、なにか別の由来があるのかは知らない。

マドは小さく口を開けたまま小刻みにうなずいた。

「暑さでもうろうとしてるんじゃないかって思って、声かけてみた」

「それはありがとう」

「なにをぼうっと見てたの？」

「たいしたものじゃないよ。ほら、また工場が壊されるんだなって」

女の子は街路樹の木陰にきっちり入ってから山の手に目をやった。

「ホントだ。うちのママさん喜ぶわ。あんな廃墟残してたら悪い人の隠れ家になるもんね」

女の子は突然目を見開いたかと思うと手に持っていたビニールバッグの中を覗きこんだ。そして大きく息をついてそのビニールバッグを一度胸に抱いた。

「どうしたの？」

「忘れ物しちゃったかと思って。ママさんからお遣《つか》い頼まれてるんだ」

車道を猛スピードでマイクロバスが走り抜けていった。トウカエデの枝葉を揺らす風にも女の子のもっさりとした黒髪はなびかなかった。

「マドくんはさあ、あゆみ地区にくるって決まったとき、工場のことも知ってたの？」

「もちろん知ってたよ。有名だもん。でもそこがあゆみ地区っていう場所になったってことは、くるって決まったときに知ったよ」

「――私、なんにも知らなくて、工場のこともここにきてから知った。そのときはさすがにパパさんも宇宙人を見るような目をしてた」

「――そうなんだ」

「だってあの頃っていったら、私地元でいっぱい学校休んでたしなあ。家でも部屋にこもってゲームとか、お兄ちゃんのパソコンでアイコンのドット画とかＧＩＦ動画ばっかり作ってたっけ。要するに友達からの情報もシャットアウトしてた時代だったってこと」

女の子がビニールバッグの下のほうを指でさした。そこにはカラフルなシールがいくつも貼られてある。たぶん彼女の画がプリントされたものなのだろう。

「結局さあ、ここの工場ってなにが悪くてこうなっちゃったの？」

「そうだな……、ＡＩってわかる？」

「うん。ロボットの頭が勝手に賢くなっていくんでしょ？」

「そう。ただしロボットを工場の中だけで働かせている限り、知能の成長には限界があるって考えられていたんだよ。しょせんは〝井の中の蛙《かわず》〟だとね。だけどこのことについては昔から尾谷教授は警鐘《けいしょう》を鳴らしてたらしいよ。確か数学博士だったかな」

「私、その人知らない」

「もう亡くなったけどね。尾谷教授は無人工場の未来に対しては懐疑論派の急先鋒だったんだ。そんな教授ですら、まさかこの工場地帯でロボット戦争が起きるだなんてひと言もいったことがなかったんだ」

ロボットが、あるときなんの前触れもなく反乱を起こした。わずかな人影を見つけては攻撃を始めたのだ。

あのときはマドもテレビで中継を見ていた。空からの映像も地上からの映像も戦場の最前線には黒っぽい煙が立ちこめていた。ときおり火柱が上がるものの爆発音はカットされ、その代わりに極度に緊迫したテレビレポーターの表情と裏返った声が現場の異常性を伝えていた。

ロボットたちは銃器こそ持っていなかったが、可燃性の高い化学薬品を合成して爆薬を準備していたらしかった。それを満たした容器を正確に投《とう》てきし、事態収束のために編成された治安部隊の車両を次々と炎上させていった。

「何度鳥肌が立ったかわからないよ。海外のニュースで市民の暴動を見ることあるじゃん。さすがにあんなに入り乱れてるわけじゃないけど、イメージがダブっちゃうんだ。やっぱり知能が発達すると、反乱のしかたも人間ぽくなっていくんだなって」

「頭の良い犬とかってどこか人間ぽいとこあるよね」

「ヘリコプターが空から映すとね、ロボットがきれいなカーブでフォーメーションを組んでいたんだよ。あれって予行演習してたのかな」

「私、鶴翼《かくよく》の陣《じん》とか知ってる。戦国シミュで武田信玄ばっかり使ってた」

「全部のチャンネルが流してたんだけど、あれを見た関係のないロボットまで日本全国で暴動を起こすんじゃないかって恐くなったよ」

「そういえばうちにあったペットロボット、私が知らない間にお母さんが捨てちゃってた。けっこう高かったはずなんだけどな」

発電施設の周辺が一番激しい戦場になった。ロボットたちも治安部隊も電気が重要であることを知っていた。治安部隊の特命チームが発電施設に忍び寄ろうとすると、ロボットたちは敏感に反応して集中砲火を浴びせた。その炎がブーツやズボンや背中に引火することもあり、そのたびに消火器のノズルが惜しみなく向けられていた。

治安部隊が浮き足立っていていつまでも主導権を握れずにいた。彼らもロボット相手を想定した戦闘訓練などしたことがなかったのだろう。ロボットはときに爆薬でみずからが火だるまになってしまうことがあった。しかししばらくは平然と動きつづけるその姿が、不死身のゾンビを想像させたり、おぞましいまでの執念を錯覚させていたのではないだろうか。

「バッテリーがたまってる限りロボットは戦いつづけることができるんだ。発電施設にはダイナモの燃料が前日に満タンにされてて、人間が勝つにしても、何日くらいかかるんだろうって最初は思ったよ」

「私が一階にごはんを食べに下りたら大事件が解決してたのは憶《おぼ》えてる」

「結局二時間もドンパチは続かなかったみたい。途中から作戦が変更されて、レスキューチームが周りの工場に取り残されてた従業員を避難させたんだよ。此先ファクトリーズを完全に無人にするためにね。あとは自衛隊のヘリで発電施設を機関砲でドガガガ……」

軽トラックがクラクションを鳴らして横を通過した。しばらく進んでとまり、またクラクションを鳴らした。

「あゆみ温泉の大将だ！　もしかして乗せてくれるってことかな？　私これからあそこでレギュラーのバイトなんだ。今日はお風呂の大掃除の日。なんと水着持参」

「おもしろそう。ボクはこいつを押してクリーニングの配達」

「そっか。ところでマドくんは、お盆には実家に帰るの？」

「いや、ボクはここにいるよ」

「私も。こっちにいたほうが実家よりも落ち着く」

「だよね」

「じゃ、暑いけど仕事がんばってね。引き留めちゃってゴメン」

右から左にビニールバッグを持ち替えながら軽トラックのほうに駆けていく。助手席の扉を中から押し開ける手がチラッと見え、マドは小さくうなずいてからワゴンを押しはじめた。

七年前に起きたロボット戦争は、じつにあっけなく大勢が決した。それどころか、ロボットたちは発電施設が破壊されたことを知ると各々戦いをやめ、さらには活動システム自体をフリーズさせたのだ。

マドはあのとき、さんざん恐い印象をもったはずのロボットに対して、なぜかセンチメンタルな気分になったことをいまでも憶えている。

治安部隊を活発に攻撃していたロボットたちが、ピタリとその場でとまってもう体の向きすら変えようとしなかった。何機ものロボットが思い思いの方向に頭部カメラのモノアイを向けていた。彼らに絶望という感情があるとは思わないが、あの光景が伝えるものは冷たい無機物がかもしだせる物寂《ものさび》しさではなかった。永久を約束するエネルギーの源と引き替えに彼らが最後にその体に宿したもの――。そしてやはり二時間にも満たない短い反抗。そこにまるで蟬やカゲロウのようなはかなさを感じずにはいられなかった。あのとき自分をセンチメンタルな気分にさせたのは〝命〟だったのではないかとときどき思うことがあった。

この未曾有《みぞう》の出来事は人々にショックをあたえ、様々な世論を生みだした。特にロボットのＡＩに対しては規制が必要という議論が持ち上がった。ロボット戦争のあと、他のいくつかの工場でもＡＩが想定外の進歩を遂《と》げ、大事故につながりかけていた事実が明るみにでたからだ。

地元の議会は優先しすぎた企業誘致と危機管理不足を反省した。此先ファクトリーズは全域にわたって閉鎖されることになり、この一帯にイメージを一新するような町づくりが宣言された。そこに政府が伝統工芸を保護するプロジェクトを便乗させ、「てづくり・ものづくり」のあゆみ地区が誕生することになった。

あゆみ地区には此先ファクトリーズの当時の姿がいまでも残っている。それは工場と関係があった数々の技術系の事務所で、建物から看板が外されて工房として使われている。

マドはまたクラクションの音が聞こえた気がして振り返った。しかし女の子と別れた辺りに軽トラックの影はなかった。

（あの子の名前、最初に聞いとけばよかったな）

顔は知っていても、名前を知らない若者はここあゆみ地区に何人もいる。顔は知っていて、噂で素性も知っているのに、やはり名前を知らない若者もいる。

あゆみ地区で里親と暮らす未成年の少女や少年は〝ワケあり〟だ。様々な事情をもっている。癒《い》えない心のトラウマがあったり、他人には話せないコンプレックスがあったり、のけ者にされてきたり、後ろ指をさされてきたり。あゆみ地区はそういった里子《さとご》たちの止まり木にもなっている。いま二〇人くらいいるはずだ。

しばらく止まり木で羽を休めたら、元の場所に帰らなくてはならない。あゆみ地区はワケありの里子たちにとって本来の居場所ではない。それは奇《く》しくも伝統工芸の工房と似ている。雪国や南国の工芸品をここで作ってもあまり意味はない。それぞれの地方の風土に沿い、その土地で手に入る特有の原料を使ってこそ伝統の意味をもつ。工房が後継者を探しているように、マドたちも生きてゆくためのなにかを見つけて帰らなくてはならない。

（あれ？　隣の筋《すじ》だったかな）

マドは一瞬足をとめかけてまたワゴンを押しなおした。

この住宅街はいつも配達で訪れていて道の両側には見なれた家並みが続いている。家の形やカラーリングに統一感がないので、一度憶えたら道を間違えることはない区域だった。それが今日に限ってはなぜか違和感があった。

一軒の家の前に白塗りの警察の自転車がとまっている。あれはこれから洗濯物を届けようとしていた家だ。近所の人もちらほらと外に出てきて視線をおくっている。

マドは問題の家の前をいったん素通りすると道を斜めに横切っていった。

「こんにちは。あゆみクリーニングです」

一本の日傘に肩を寄せあう二人の女は軽く会釈《えしゃく》してきた。

「なにがあったんですか？」

「盗まれちゃったんですって、風見鶏《かざみどり》が」

日傘を持ったほうの女がひかえめに指をさした。マドは振り返ると警察の自転車がとまっている家の屋根を見上げた。

――確かに風見鶏がなくなっている。

さっきの違和感はこれだ。

昨日の夕方には屋根の上にあった。雄鳥《おんどり》のデザインはデフォルメのないシュールなタッチで、東天紅《とうてんこう》をとどろかせる胸の張りと首の角度がリアルになっている。この住宅街ではたった一つの風見鶏なので住民なら誰もが知っているはずだ。

「泥棒は、どうやってあの高さまで登ったんでしょうか」

「はしごを使ったんじゃないかしら。忍者でもないかぎり」

「家の人が物音に気づきそうなものですけどね」

「昨日はたまたま外泊されてたそうよ」

泥棒はひんぱんにこの道を行き来してチャンスをうかがっていたのかもしれない。あるいは家人《かじん》が外泊することを知っていた。

マドは周囲を見回し、何度か小さくうなずいた。

この辺りは電柱に監視カメラもあるし、不審な人物はそのうちに浮上してくるだろう。

「あのお宅への配達は、最後に回したほうが良さそうですね」

「ええ、それがいいと思うわ」

「では失礼します。ご用向きがありましたら、ぜひあゆみクリーニングをよろしくお願いします」

「お願いするわ」

マドは伝票の写しを確認してからワゴンを押した。

いまは屋根の上の風見鶏が盗まれても不思議ではないご時世だ。家の中の金品《きんぴん》は手つかずなのに、風見鶏だけが盗まれても不思議ではないご時世だ。海を越えた全世界でも日々奇妙な窃盗《せっとう》事件が起きている。そして全世界に奇妙なご時世をもたらしたのは、なんと此先ファクトリーズなのだ。

盗まれた風見鶏は、〝分水嶺《ぶんすいれい》〟だったに違いない。

ゴールドラッシュ

朝は時間にゆとりがあれば窓辺に立つことにしている。かれこれ一〇年続いてきた習慣だ。

風が強い日に上下に揺れる電線。路地の入口でとまって必ず吠える散歩の犬。ちょっとした雨であふれてしまう隣の家の雨どい。気まぐれで家の前を掃きそうじする斜《はす》向かいに住む婦人。

ビックリするほどの光景は見たことがない。しかしそれでいい。ただ日常の風景をぼんやりと眺め、ほんの三〇秒ばかりの時間を妹に捧《ささ》げるだけなのだ。

カーテンレールには実家から持ってきた千羽鶴が吊《つ》り下がっている。とはいえ連なった鶴の数は一九一しかなくてどうにも貧弱で見栄《みば》えがしない。

父と母がいうには、マドには双子の妹がいた。双子なのに、その妹はたいへん小さな体で生まれてきてしまった。

　母は娘をろくに抱くこともできなかった。マドの妹は生まれてすぐに母の手の届かない保育器の中に入れられてしまった。母はひとしきり自分の無力さをなげいたあとは、娘の無事と健康を願い、祈《いの》りをこめて折《お》り鶴を折りはじめた。一九一羽折ったところまで、マドの妹は精一杯生きた。

　マドの名前は、本当は妹のものだ。マドには望《のぞみ》という名前があたえられるはずだった。朝の様子を「窓」から「望」んでほしい――一日一日を生きて翌朝をむかえてくれたらじゅうぶんだという意味らしい。そんなささやかな願いのもとに考えられた双子の名前だ。

　その事実を知らされたのはマドが八歳のときだった。大事な話があるといって母に見知らぬ場所に連れていかれた。そこは田園風景が広がる町からほんの少しだけ山に入った所で、きれいに整備された静かな公園になっていた。

　母はそこで両岸が立派な石垣になっている小川を見せた。上からは石畳《いしだたみ》が敷《し》かれた川底がよく見えたので水量は大して多くはなかったと思う。その小川が二手に分かれている場所があった。母はそこを指さして分水嶺《ぶんすいれい》だといった。

二手に分かれた一方の水は日本海に流れ着くという。そしてもう一方の水は太平洋側の瀬戸内海に流れ着くという。もともと一つだった水の流れが、南と北に大きく離れた海に分かれてしまうのだ。

観光名所として人の手が加わっているのでけっして神秘的な雰囲気はしなかった。しかし二つが流れていくその先を想像すると、やはりこの分岐点にミステリアスな印象を感じずにはいられなかった。マドは岸から何度も木の葉を落とし、どちらに流れていくのか飽《あ》きもせずに確かめていた。母もそうしていることをいつまでも許してくれた。

妹の存在が語られるにはこれ以上にない場所だったと思う。マドの代わりにいまこの世にいたのは妹のほうで、望という兄の名前がつけられてどこかで暮らしていた可能性だってある。それは双子ゆえに五分五分《ごぶごぶ》の確率だったのではないかと母はいうし、マド自身もそんな気がしてならなかった。あの世とこの世の行き先を分水嶺が分けたのだ。

あの日はマドの人生の一つの分岐点になった。わずか八歳にしてこの先の生き方を考えさせられたのだ。「妹の分まで生きなさい」といわれたわけではなかったが。

部屋を出ようとしたら、数歩先にある玄関扉が大きな音を立てて閉まるところだった。マドはひたいを手で打たれたように感じて目を閉じた。

扉とはそれを開け閉めする人間の分身だ。性格やそのときの心模様がよく表れるような気がする。残像のようにチラッとだけ見えた後ろ姿もやはりサクラのものだった。階段を駆けおりるけたたましい音がすぐに聞こえてきた。

サクラの生活リズムは不安定だ。アルバイトのシフトが不規則なのでそれはしかたがない。朝が早い日もあれば遅い日もある。だからまだこの時間帯に眠っていることも少なくない。アルバイトはガソリンスタンドと居酒屋をかけもちしていたはずだが、最近はその話も聞かなくなった。

マドは二階の廊下を進み、共用のダイニングキッチンを覗いてみた。案の定、シンクの周りにゴミが散らかっている。もう慣れているのでいまさらなんとも思わない。

昨夜、サクラと千晶が例によって下で言い争っていた。詳しいことはわからないが、せっかく斡旋《あっせん》してもらった就職の面接をすっぽかしたことが原因のようだった。口論の最後はいつもと同じで、サクラが捨てゼリフを吐いて上に逃げた。脚が不自由な千晶は二階まで追いかけてこられない。

こんなことがあった翌日は、サクラは気まずいと感じているのか下で朝ご飯を食べない。二階でひとり貧《まず》しい食事をとる。菓子パンか、シリアルか、エネルギー補給食あたりで、空《から》になったレトルトパックが残されていたらマシなほうだ。そしてそのゴミを片づけるのはいつもマドだった。

今日は千晶ははじめから事務所のシャッターを開けなかった。町内会の寄り合いがあるといい、シャッターには里子向けに貼り紙をして一〇時前には車椅子で出かけてしまった。

マドは飛び入りのアルバイトで、午後から木曽漆器《しっき》の工房を手伝うことになっていた。長野県の木曽谷から大量の指物《さしもの》が届くというので、倉庫への運び入れだ。指物というのは板を組みあわせて作った箱のことで、重箱の一段一段をイメージすればわかるだろう。

一階の台所で昼ご飯のチャーハンを作っていると、勝手口から広海が入ってきた。誰から借りたのだろう。この家では見たことのない麦わら帽子をかぶっている。麦わらのほころびが多くてあごひもの垂《た》れ具合がだらしない。昨日はショッキングピンクのキャップをかぶっていた。あれもたぶん借り物だ。彼のスマートなセンスとは大きなギャップがあった。

「どこに行ってたんですか?」

「ああ、ちょっとね。勝手に自転車を使っちゃったけど、困ったことはなかった?」

「はい。それはぜんぜん」

「いい匂いさせてるね。外までほのかに香ってたよ」

「チャーハンを作っていたところなんですけど、良かったら半分食べませんか?」

広海が歩み寄ってきてフライパンに目を落とした。

「半分もらったら気の毒な量だな。だったらトーストでも追加しよう」

広海がトースターに食パンをセットするかたわら、マドはできあがったチャーハンを二枚の皿に取り分けていった。広海がシンクに残った朝のマグカップを使おうとするのでマドがきれいに洗いなおしてやった。

事務所の電話が鳴ったので出てみると千晶だった。周りがガヤガヤしていて聞きとりにくかったが、昼ご飯は要らないといっていたように思う。食卓に戻るとマグカップからは湯気が立ち上っていた。そこに広海がミルクを注いだ。

「悪いね。お昼ぶんどっちゃって」

「気にしないでください。サクラさんには全部とられることだってあるんですから」

「ジャムでもたっぷり塗ってよ。ボクは塗らない派だけど」

広海は軽く手を合わせるとさっそくトーストをちぎった。

「朝だけじゃないんですね」

「え？　ああこれかい？」

広海はトーストをいつも飲み物に浸《ひた》して食べる。コーヒーやミルクやミルクティーなどに。

「こどもの頃からの悪習だよ。外ではしないようにしてる」

「トーストだけじゃ食べられないんですか？」

広海の表情が片方の眉を吊り上げたまま固まった。

「じゃっかん食べにくいかも。口の中が人よりもドライなのかもね」

「ヨーロッパでは珍しくないみたいですけどね」

「この食べ方だろ？　そう、ダンクっていうんだ。これがダンクショットの語源になったのは知ってるよね」

「バスケットボールの。ええ、聞いたことはあります。どちらも輪《わ》っかに上から放りこむ動作が似ているからだとか、どちらも手っ取り早く用事を済ませるからだとか」

「日本語でいえば〝ネコまんまシュート〟だな。せっかちで面倒くさがり屋の作法《さほう》だよ」

「ボクの家は店をやっているんで、父なんか忙しいときには台所に立ったままネコまんまを食べていました。ボクが真似をしたとき、母にキツく怒られましたね。……なんでだろう。それっきりやってないや」

「それって、立ち食いのほうを叱《しか》られたんじゃないの？」

「……あっ、そうか。そうかも。ハハハ……。じゃあネコまんまはＯＫってことか。ボクもカフェオレでも作ってさっそくダンクしてみようかな」

広海は右手でトーストをミルクティーにダンクし、左手は食卓に置いたスマホのパネルをタッチしたり会話に手振りを添えたりする。朝食のときもそうだが、こうして彼と向き合っていると気ぜわしさを感じることがある。体内時計ではないが、人それぞれで時間が進んでいる感覚が違うのではないかと思わされる。

そのうちに置き時計のアラームが鳴って午後一番のアルバイトを思いだした。これ以上のんびりしていたら遅刻してしまうところだった。

広海も手伝いたいというので、飛び入り参加ではアルバイト代は出ないことを説明した。すると彼は勉強がてらの手伝いで、授業料のつもりだからお金はいらないといった。

二人で一緒に出かけると、現場にはすでにトラックが到着しており、なぜか他の工房からも職人が両手では数え切れないほど集まっていた。

職人たちがいたために、運び入れの作業ははじめからつまずいてしまった。彼らは指物の木地《きじ》を見にきたようで、トラックの周りでちょっとした品評会を始めてしまった。勝手に運ぼうとすると呼び戻されてしまう始末だ。

緑が深い木曽は材木が豊富で、しかも良材に恵まれている。塗師《ぬし》にとっては伝統の枠を越えて誰もが使ってみたい木地なのかもしれない。

広海が手伝いをしていたのは最初の一〇分くらいだった。いつのまにか品評会の輪の中にいて、ときに伝統工芸士たちに向かって堂々と意見をいっていた。そしてマドが倉庫を往復している間に姿が消えてしまった。話が合う塗師がいたらしく、その塗師の工房までついていったようだ。

作業は一時間半もあれば終わると聞いていたのに、結局その二倍もかかってしまった。この手のイレギュラーな仕事は残業手当が出ないのでアタリ・ハズレがある。

作業のあとはあゆみクリーニングに向かった。これは工房の手伝いとは違ってマドにとっての日々のレギュラーな仕事だ。

見上げれば灰色がかった入道雲が立ち上っていた。雷鳴もそう遠くはなさそうな空からとどろきはじめていた。

あゆみ地区に一年も住めば雨に対する警戒心は失われてしまう。突然降られても一番近い工房の軒下に駆けこめばいいし、そのうちに中の人が傘を貸してくれることもある。日ごとに違う帽子をかぶっている広海などは早くもなじんでいる証拠だ。

店では小一時間ばかり受付を任され、夕立が上がるのを待ってから配達に行った。その頃には工場を解体するロングアームの重機はとまっていた。銭湯で働いているという〝ふみち〟と出会うことはなかった。盗まれた風見鶏は、今日も屋根には戻っていなかった。

あの日以来、あゆみ地区で警官の姿をよく見かけるようになった。いまは夏休みのシーズンなので観光客も多く、交番に警官がいるのは珍しいことではない。しかし昨日は陶磁器《とうじき》工房の並ぶメインストリートで若者が職務質問を受けているのを見かけた。

それはマドが一年以上あゆみ地区に住んできたなかでも記憶にない光景だった。

世界的ゴールドラッシュの波に乗って〝ダンキスト〟があゆみ地区にまで手を広げてきたのだろうか。

この世には〝呪われた財宝〟と呼ばれるものがある。持ち主を次から次へと変え、その先々で持ち主に謎の死をもたらす絵画や宝石や剣《つるぎ》。根拠のないオカルトのものが多いが、なかには冗談話では片付けられないものもある。

不可解な現象で人々を恐れさせるのは財宝だけではない。昔からその土地で神木としてあがめられてきた老樹などもそうだ。この老樹には災いをもたらす力があって、伐採して別の場所に植え替えようとすると、それに関わった工事関係者が次々と謎の死を遂げたりする。

これらの原因は、人とともに数奇な運命をたどったり、壮絶な体験をした〝物〟に魂が宿り、その魂が祟《たた》るからだと一般には解釈されてきた。しかし七年前にこのからくりが科学的に解明された。それはロボットが反乱を起こして此先ファクトリーズが全面閉鎖になった年のことだ。

私たちの周りには、物事《ものごと》が起こる確率を変化させる〝特殊な物〟が実際にあることがわかった。

サッカーの試合を始める前にはキックオフの権利と陣地を決めるだろう。簡単にいえばボールをとるかゴールを選ぶ。このときに審判はコイントスをして両チームのキャプテンに当てさせる。表を選んでも裏を選んでも当たる確率は同じ。どちらも五〇%なので不満は出ない。

物事が起こる確率を変化させる〝特殊な物〟は、コインの表を出やすくさせたり裏を出やすくさせたりする。サイコロなら出やすい数字と出にくい数字を生む。〝特殊な物〟がある場所では、ひとつひとつの出来事の起こりやすさにかたよりが生まれ、不思議なことが起こりやすくなる。これが呪われた財宝のからくりだった。

日本ではこの〝特殊な物〟に「分水嶺」という呼び名がつけられた。英語を話す国では〝運をかたよらせるもの〟という意味で「ラックバイアス」と呼ばれている。

分水嶺が形ある物に対してどんなふうに働きかけているのか、ミクロの視点ではわかっていないし、研究自体が大々的に進められていない。わかっているのは物が関わるあらゆる現象に対して、その発生確率を増やしたり減らしたりするということだ。飛行機が墜落する確率や、感染症が発症する確率などに影響をあたえてくる。

分水嶺には様々なものがあることがわかっている。体重計の分水嶺があるし、物干し竿《ざお》の分水嶺がある。マネキンの分水嶺も見つかっているし、トランペットの分水嶺も見つかっている。まだ確認されていないだけで、なにが分水嶺になっても不思議ではない。漬け物石が分水嶺になることもあるだろうし、風見鶏が分水嶺になることもあるだろう。財宝である必要はないのだ。

あゆみクリーニングは一九時に店を閉める。急ぎの配達が残っていなければマドの仕事はそこで終わりだ。

「お疲れさま。若菜くんはもう帰ってもいいわよ」

「はい。――ところでご主人はどうされたんですか？　今日は結局一度も見ませんでしたけど」

「あの人なら午前中から町内会の寄り合いに行ってるわ。いま班長やってるから知らんぷりというわけにはいかないの。……それにしても、いくらなんでも遅いわね」

「寄り合いなら国見さんも行きました。お昼にご飯のことで電話をかけてきたくらいですから、最初は早く終わると思ってたんじゃないでしょうか」

「あらそう？　うちの人は長引くだろうっていってたわ」

「なにか重要な話し合いでしょうか」

「なにって、風見鶏が盗まれた件に決まってるじゃない」

「え？　そうなんですか!?　そんなこと、国見さんひと言もいってませんでした」

　ここの主人と千晶では寄り合いにのぞむ心づもりに開きがある。問題の大きさを考えると主人のほうが正しいと思うし、実際に話し合いは長引いている。

「いよいよあゆみ地区も盗難対策をしなくちゃ。いままで平和だったからサボってたのよね」

「これ以上被害がでなければいいんですが」

「まったく。工場の取り壊しも順調なんだから、町全体がすっきりクリーンになってほしいわよね」

「ボク、国見さんを迎えに寄ってから帰ります。それではお先に失礼します」

「また明日よろしくね」

　マドはあゆみクリーニングをあとにすると町内会長の家に向かった。

　分水嶺は物事が起こる確率をかたよらせることで、人に不運をもたらしたり逆に幸運をもたらしたりする。ただし分水嶺が人にとっての幸運や不運を知っているわけではない。同じ分水嶺でもそれが〝呪われた財宝〟になることもあれば〝ラッキーアイテム〟になることもある。

分水嶺はその特性を利用してありかを探し当てることができる。

わざとなにかをやって、変わった結果がよくでる場所には分水嶺があると考えていいだろう。同じことを何度もすればするほど違いがわかりやすくなる。人の手でコインやサイコロを振るのもいいが、コンピューターをもった装置にもっと速くもっとたくさん同じことをさせたほうが効率がいい。

これに適した装置がロボット戦争よりもはるか昔からあった。それは物理《ぶつり》乱数《らんすう》生成《せいせい》器《き》と呼ばれるものだ。一般には乱数発生装置と呼ばれている。

インターネットを生活や仕事など様々な目的で使う時代になり、そこでやりとりする情報を秘密にしなくてはならなくなった。情報を秘密にするときに用いられる手段が暗号だ。暗号は古くから、宝のありかを示した文章や、スパイ活動の連絡や、戦争時には作戦を遠くに伝えるときにも使われてきた。インターネットに流す情報を暗号にするには、乱数というものが大量に必要になる。乱数とは不規則な数字の並びのことで、そのなかでもパターンがなくて誰にも予測できない数字の並びのことを真性《しんせい》乱数という。

この真性乱数を作る装置が乱数発生装置だ。

乱数発生装置は「ミクロの粒子」などの予測不能な動きを観測し、これをもとに予測不能な真性乱数を一瞬でしかも大量に作りだすことができる。処理は複雑だが、基本になっている原理はコイン投げと同じで単純だ。「表」なのか「裏」なのか、たったのこれだけだ。

乱数発生装置が分水嶺に近づいてゆくと、とたんに「表」が出やすくなったり、「裏」が出やすくなる。だから分水嶺のありかがわかるのだ。

いま世界では、「表」を出やすくさせる分水嶺のことを〝キャメル〟と呼んでいる。キャメルとはラクダのことだ。ひづめが二つに分かれている偶蹄類《ぐうているい》のラクダ。そして「裏」を出やすくさせる分水嶺のことを〝ホース〟と呼んでいる。ひづめが分かれていない奇蹄類《きているい》の馬。

マドは町内会長の家のインターホンを押した。

〈はい、どちらさま？〉

たぶん夫人だ。

「若菜といいます」

〈ああ、確か国見さんのところのね？〉

「はい。国見さんはまだこちらにいますか？　会長さんの家にいると思って迎えにきたんですけど」

〈寄り合いなら、午後からみんなで公民館に移ったの。この家じゃせまくなって〉

「そうでしたか。じゃあそっちに行ってみます」

　此先ファクトリーズでロボット戦争があり、しばらくしてから最初の分水嶺が発見されることになる。この発見と、その後に中心となって分水嶺を研究することになったのが数学博士の尾谷教授だ。彼はＡＩロボットによる無人工場の管理に否定的で、此先ファクトリーズが順調に成長していた時代に真っ向から反対の意を唱えていた人物でもある。

　分水嶺といっても、それがいったいどういうものなのか、世の中の人々は詳しいことまでは知らなかった。情報が出回らないように尾谷教授が目を光らせていたからだ。そんな彼が組織するオダニ部会という分水嶺の研究グループには、海外からも参加してくる科学者があとを絶たず、そこに怪しげな雰囲気を感じとる人は少なくなかった。

　このときオダニ部会では、分水嶺の基礎研究が本当におこなわれていた。それと並行して分水嶺がもたらす効果の検証がおこなわれており、この結果には日本政府も、そして国連も早くから神経をとがらせていた。分水嶺は物事が起こる確率を変化させるが、これを悪用して異常な出来事を起こせるという事実を無視することはできなかった。分水嶺が秘める能力次第では世界の安全が脅かされる危険性がある。それは原子力がかかえている問題と似ていた。

　分水嶺には平和的な利用法もあるはずだが、オダニ部会は分水嶺がもたらす危険性を優先して調べていた。日夜実験と検証を重ね、多くの結果を得《え》ていたことは想像にかたくない。しかしその結果が世に公表されることは今日までついになかった。公表しないほうがいい危険な側面を分水嶺はもっていたのだろう。検証結果はすべて国連事務局に渡り、事が重大だと判断した安全保障理事会は分水嶺にまつわる国際法の草案作成にとりかかることになる。

　この頃になると分水嶺の正体は世の中にほぼ知れ渡っていた。人々は新しい価値の誕生を予感していた。身のまわりに意外に高価なものがあるかもしれないと思うと、ふだん見なれた風景も違った印象をあたえてくるものだ。しかし乱数発生装置が一般的な道具ではなかったので、人々が分水嶺を特定することはまだできなかった。

やがて国連は釘を刺すかたちで分水嶺の収集と取引を禁じる国際条約を制定する。「キャメルまたはホースを一箇所に集中させると、確率が大きくかたよってしまい、我々の想像をはるかに超えた現象が引き起こされる可能性がある」が根拠になっている。そこには「何者かの悪意によって天変地異が引き起こされても分水嶺の効果と断定することができないので罰することもできない」という意味が隠されている。日本もふくめた国連加盟国はこの国際禁止条約に批准《ひじゅん》し、それぞれの国で法律を定めて厳しく禁じていくことになった。

しかし世の中の人々は素直に従おうとはしなかった。分水嶺に対する興味をふくらませ、自分の家の中にもあるのではないかと期待し、家の外に探しにいきたいと思うようになった。宝探しということもの頃からの夢とあこがれが心を誘惑したのだろう。

【宝探しをしてみたい】

【しかし現実に宝などありはしない】

【宝探しをしてみたい】

【しかし現実の生活を捨ててまで冒険には出られない】

分水嶺は身のまわりにあり、ふだんの生活を続けながら探すことができる。

国連がオダニ部会の検証結果を秘密にしたことが、逆に人々に限りない可能性を妄《もう》想《そう》させ、好奇心を焚《た》きつけてしまったのではないかと分析する評論家もいる。好奇心を焚きつけた点においては、尾谷教授の死にまつわる噂が一役も二役も買っている。彼は車の事故で帰らぬ人になったが、強力な分水嶺を移送していたのではないかとささやかれている。そしてこれは妄想や噂ではなく、分水嶺にはエネルギー産業での実用性が論じられており、それだけでもすでに純粋な価値が保証されている。

将来的には〝宝探し〟も売買も解禁になるかもしれない。それならいまのうちから早い者勝ちだ。科学が進歩すれば、分水嶺から幸運だけを抜き取れる日もくるかもしれない。逆に不運だけを抜き取ることができれば、他人を不幸にすることで自分が浮かばれることもあるだろう。

いま世界は宝探しフィーバーで、現代版のゴールドラッシュだ。昨日までガラクタだと思っていたものに数十万円・数百万円の値段がつくこともある。わざわざ金鉱や油田を掘り当てなくても〝お宝〟は手に入る。バザーの売れ残り品になっていたり、町内のゴミ置き場に捨てられていたりする。一攫千金《いっかくせんきん》の夢はすぐ身のまわりに転がっている。

もちろん厳しい法の網をくぐり抜けることはできない。だから人々はひそかに分水嶺を探しだして自分のものにしたり闇取引をしている。そういった人間は〝ダンキスト〟（ダンクをする人）と呼ばれている。手っ取り早く富を得ようとする人間、手っ取り早く幸せを手に入れようとする人間のことだ。

明かりのついた公民館の玄関にはかたまりとなった影がうごめいていた。二階は一室だけが灯《とも》り、壺のように見えた窓辺の影が大きく動いた。

玄関から出てきた人影が石造りの階段をパラパラと下りてくる。眼鏡の縁や口からこぼれた歯がときおり小さな光を反射させる。

車椅子は表からは入れなかったはずなので、マドは裏口に回ることにした。そこまでのルートは上り坂になっていて勾配《こうばい》もゆるくない。千晶がここをひとりで下りるのは危険だ。

（ちょっと心配しすぎたかな）

マドは鼻にしわを寄せた。扉の向こうから威勢のいい千晶の声が聞こえてきた。

扉を開けると車椅子に乗った千晶がいた。こちらを見上げて目を丸くし、口はへの字に結んだ。その奥のほうには町内会長の姿があった。なぜか職人たちの姿もある。美濃焼《みのやき》の職人と、昼にも見た香川漆器の職人だ。茶褐色のシャツを着ている男も職人のようだが詳しくは知らない。

「なんだい、マドじゃないか」

「お母さん、帰りましょう。もうおなかがペコペコです」

「ありがとよ」

千晶がややうつむいて目を閉じた。

「——会長さん！　あたしゃ息子が迎えにきてくれたからこれで帰れるよ！　それじゃお先に！」

千晶が車椅子から振り返って叫んだ。その拍子に膝《ひざ》の上から小箱が落ちそうになり、マドは身をかがめて間一髪で受けとめた。

「おっと、危なかった」

「なんですか？　これ」

「さっきおみやげにもらったんだ。マドとサクラに一つずつあげよう」

箱のフタを開けてみると焼き物が二つ並んで入っていた。

「湯呑《ゆの》みですね」

「どこの瀬戸物《せともの》だったかね。教えてくれたのにちゃんと聞いておけばよかった」

「これ、たぶん四日市の萬古焼《ばんこやき》ですよ。メチャ渋い」

「くわしいんだね」

濃い褐色の焼き肌だ。なんとなく紫色がかっているのは原料となっている特有の坏《はい》土《ど》のためだ。

「気に入ったかい」

「はい。大切にします」

「それじゃ帰ろうか」

マドは千晶の背中に回って車椅子を押した。そっと押したつもりなのに扉の敷居でわずかに跳《は》ねた。

千晶が夕立に濡《ぬ》れた地面に目を落としている。まだわずかに湿り気を帯《お》びた風が吹き抜けていく。夜空は不穏な雲をどこかにやって知らぬ顔。マドは坂の先をにらみながら小石を避《よ》けて車椅子を蛇行《だこう》させた。千晶が湯呑みの入った箱を両手で包むように持っている。

世界中にゴールドラッシュが広がるにつれ、分水嶺を闇で取引する人々から組織がいくつも生まれていった。その規模は大小様々だったが、大規模なものは摘発され、その中心人物は逮捕・収監されていった。

マドの父と母も闇組織の重要なポジションについてしまった違法民だ。いまは高い塀の向こう側にいる。

昼間は工房が主役のエリアも夜になるとメインストリートが二筋ずれる。とはいってもぶら下がっている赤提灯《ちょうちん》は両手で数えるほどもない。いずれも此先ファクトリーズの時代から続いている店だ。

のれんを払って引き違い戸のガラス越しに中を覗いてみた。

今夜はずいぶんと客が少ない。座敷も四人グループが一つのテーブルを囲んでいる程度だ。

広海の姿はなさそうだ。言いだしっぺのサクラも。そろそろ約束の時刻が過ぎようとしている。

マドは店の前で待つことにした。

しばらくすると数人の男女がぞろぞろとやってきた。その中にはマドの知っている工房の職人たちの顔もあった。彼らの先に立って店に入っていった女たちの顔には見覚えがない。カメラを肩にかけていたので、たぶん取材にやってきた雑誌記者あたりだろう。

店に入ろうとした職人のひとりがマドに気づいて足をとめた。

「おお、若菜くんじゃないか」

「先生こんばんは」

去年の夏に工作教室で教えてもらった樺細工《かばざいく》の職人だ。ふだんは工房でも滅多に着ない作務衣《さむえ》を今夜は着ている。

「春の教室は若菜くんたちみんなが配ってくれたチラシのおかげで生徒さんが多めに集まったよ」

「そうでしたか。それはなによりです」

「また秋にはよろしく頼むよ。若菜くんも恋しくなったら覗きにきなさい。見学は夕ダだから」

「時間ができたらぜひ」

「ところで、誰かを待ってるの？」

「はい、家の人がくるはずなんですが……」

「中で待ったらどう？　一杯おごるからさ」

「二十歳《はたち》になるまでおぼえておきます」

「そうだったか。では悪いけどお先に」

去年の秋くらいまでは、まだサクラとうまくやっていこうと努力していた。誕生日にプレゼントでもしてみようと思い、なにかしゃれたものを探していた。そのときにヤマザクラの樹皮を材料にしているという樺細工のことを知り、どうせなら自分の手でアクセサリーを作ろうと思って教室に通った。

「たたみもの」という技法で桜の花をかたどったブローチを誕生日に渡した。ところがサクラときたら「じじばば臭い」といってあきれた顔をした。あのリアクションはげんこつをもらうよりもはるかにこたえた。それ以来、彼女との関係に努力するのをやめたし、距離をとるのが一番だと考えるようになった。

「お待たせ」

サクラのあきれ顔を思い浮かべた暗がりから広海が足音もなく現れた。

「若菜くんだけ？　村本さんは？」

「サクラさんはまだです。くるかどうかも怪しいですけど」

「言いだしっぺなんだから、さすがにくるだろう。入って先に始めとこうよ」

マドは周りにサクラの影を探しつつ広海の背中についていった。その背中からははっきりと汗の匂《にお》いがした。

活況をよそおう店員の空《から》元気なかけ声に迎えられた。フロア側は八つあるテーブルのうち三つに皿が並んでいて客が向かい合って二人ずつ。幼い女の子二人がテーブルの間を追いかけっこしているが誰も叱ろうとしない。

この店はくるたびに雰囲気がほのかに変わる。たぶん工芸品が増えていっているのだろう。箸《はし》立てなど以前はプラスチックだった。それが天然木の漆《うるし》塗りに替わっている。天井の端っこで逆さまに開いている和傘にも見覚えがない。カウンターに並べられた木彫りの置物もスペースをとうとう一席分占領してしまった。

店員の手振りはフロア側を勧めたようにも見えたが、それを知ってか知らずか広海は座敷に上がった。隅《すみ》のテーブルに顔見知りの職人を見つけたようで軽く会釈をしている。

「ここなら入口からすぐ目につくだろう」

「それより大丈夫ですか？　ボク、お金持ってませんけど」

「村本さんがおごってくれるっていってたじゃないか。ボクの隣においでよ。こういうときは上座《かみざ》を空けておいてお出ましを待とう」

「こないと思うけどな、サクラさん」

くるといえばこないし、こないといえばくるのがサクラだ。そうとも知らずに広海は生ビールと料理を注文してしまった。千晶にお金を借りに走る羽目にならなければいいが。

「そうだ若菜くん、これ見た？　夕方からネットのトップニュースだ」

広海がスマホを手早く操作して見せてきた。

「今度は最大級のキャメルが発見されたんだってさ。アメリカのダラスで」

「この緑色のヤツですか？　イマイチ大きさがわからないな」

「三角形の積み木だってさ。なんと二・四％も確率をひっくり返す。千枚のコインを投げたら平均して五一二枚も表にする計算だ」

「顕著ですね」

この数字を見て「どうってことないじゃないか」という人は少なくない。しかし本来は裏になる運命だったコインを正反対にしたと想像したらどうだろう。分水嶺は運命をひっくり返すのだ。

「これくらいの数字になってくると、産み分けが現実的になってくるんだよね。受胎《じゅたい》分けといったらいいのかな」

「そんな検証結果があるんですか？」

「倫理違反だっていいたいんだろ？　実験を人じゃなくて動物ですればいいんだよ。それくらいはオダニ部会でもやってたはずだし、メンデルの遺伝の法則を分水嶺で確率的に操作できたっていうエンドウ豆の実験結果は出ているんだ。個人でやるにしたって、法律で禁じられているのは分水嶺の収集と売買とかの取引だから、はじめから持っていた分水嶺を使って実験をするのはかまわないんだよ」

「世の中にはマッドサイエンティストって呼ばれる人がいるみたいだから恐いんですよ」

「この積み木、闇取引だったら三千万ドルだってさ。ざっと三〇億円。ボロい商売だね」

「マフィアに狙われたりしませんか？」

「そうだね。もうニュースになっちゃったから売るに売れないし、地元の州なり国に引き取ってもらうのが身のためだね」

分水嶺を持って世界の果てまで逃げても無駄だ。ダンキストに乱数発生装置でいずれ探し当てられてしまう。分水嶺はそれ自体が発信器のようなものだ。ふつうの金銀財宝は自分から居場所を伝えるようなことはしない。

だから分水嶺を隠す方法はほぼ一つしかない。キャメルの効果を打ち消すためにホースを同じ場所に保管するのだ。この方法は闇組織が積極的に使っている。ただし三〇億円のキャメルには、単純に三〇億円分のホースが必要になるだろう。

闇組織は大きく二つに分かれている。おもにキャメルを取引しているのがアルビノキャメルという組織で、ホースを取引しているのがダークホースという組織。分水嶺の取り合いが起こらないように〝シマ〟を分けたことが始まりだ。しかし摘発をまぬがれるために逆の分水嶺も集めて持っており、最近は二つの組織の線引きが徐々にあいまいになりつつある。

マドの父と母はダークホースに加わっていた。〝闇〟やら〝ダーク〟と聞くとおどろおどろしいが、組織の〝イメージ〟と〝実態〟はかなり違う。メンバーの大半はごくふつうの生活をしている一般市民だ。だから外側から見てもわかりにくい。

泥棒まがいに分水嶺を収集する役割の者たちは組織の一番下っ端にあたる。彼らはだいたい三人ひと組になって探している。乱数発生装置をそれぞれ一台ずつ持って大きな三角形を作り、そして移動しながらコンピューターに計算させて分水嶺のありかを絞りこんでゆくのだ。逮捕されるリスクをかかえながら宝探し気分を楽しんでいる。

「こっちは、なんだと思う？」

広海がまたスマホを見せてきた。

「東京都の形をしてますね。地図ですか？」

「ウソかホントかわからないけど、東京に存在する分水嶺の分布図だってさ。赤い点が強いキャメルで青い点が強いホース。ホントだったらすごいだろ？　もうここまでわかってるんだぜ？　ネットで流れてた」

まるで天気情報のアメダスのようだ。

「この分布図がパワースポットとけっこう重なってるんだよね」

「元気をタダで充電できる時代がきたってことでしょうか」

「その時代の先端を行っているのが東京ってことだ。夜になったらドローンみたいな機体が空をブンブン飛んでるよ。コンピューターソフトとGPSを連動させて、広い範囲を一度に探索する。もう宝探しも一本釣りの時代じゃないよ。網でドッサリだ」

人は手っ取り早く幸せを手に入れようとし、手っ取り早く幸せをもたらしてくれるものまで手っ取り早く手に入れようとする。そのあさましさには天井というものがない。

「どうしたの？　つまらない顔しちゃって。ほら食べなよ。この焼き鳥おいしいよ」

「よく食べられますね、〝お財布担当〟が到着してないのに。広海さんて度胸あるんですね」

「うん、度胸だけはあるっていわれる。あとでいつもこてんぱんにされるんだけどね」

そういって広海は白い歯を並べた。

しかし調子に乗って注文していた料理がひととおり片付き、腹八分が迫ってきた頃にはさすがに広海も口数が少なくなってきた。

　サクラがやってきたのはフロアの客が二組帰ったあとだった。マドと広海のテーブルはすっかりお通夜のようになっていたが、顔立ちが華やかなサクラのおかげで雰囲気だけはパッと花が咲いたように明るくなった。

「ああ、私もうおなかと背中がくっついてる。マド、あんたその肉じゃがと焼きおにぎり、こっちによこしなさいよ」

　おまけに澄《す》んだ声も通りやすい。何事かと視線を注いでくる座敷の面々にらみを入れている。そして片付けでフロアの食器を運んでいた店員を呼びとめた。

「あっ、お姉さんチョイ待ち。こっちに生《ナマ》一つね。突きだしはいらないからお勘定にふくめないでよ。この店ってどうせ酢ダコでしょ？　本日のオススメってなにかしら。それを超特急で持ってきて」

　サクラの肌はほんのりとうるおっているものの、息もはずんでいないので急いでやってきたわけではなさそうだ。悪びれたところがどこにもなくて、此先駅で初めて会ったときのことを鮮明に思いださせる。

「それであんたたち、今日はなにしてたの？」

「ボクは会津塗《あいづぬり》の工房見学を」

「……ボクは、午前中は事務所の受付に座ってました。結局誰もきませんでしたけど。午後からは仏具の拭き掃除を手伝いに。明後日《あさって》から仏壇の展示会が始まるので」

サクラが小さくため息をついた。

「なんだかしみったれてるわね」

「そういうサクラさんはなにをしてたんですか」

マドはテーブルに肘《ひじ》を突きだした。

「私はクーラーが効《き》いた涼しいお店でバーコードをピッとね。私のレジには男どもの行列ができるんだから」

「それって、ただモタモタしているからじゃないんですか？　というか、昼間はガソリンスタンドじゃなかったでしたっけ」

「ああ、あれならとっくの昔に辞《や》めたわ。辞めたあと、コンビニをはさんでいまの仕事」

「こらえ性《しょう》がないんですね」

「またそのうちに変えるかもしれないわ。イヤなヤツがひとりいるのよ。なんか私をバカにしてるのよね。くだらないなぞなぞを出してきて私のＩＱを試すの。杖をついたおじいさんが電車に乗ってきたのに誰も席をゆずりませんでした。なーんでだ。席がいっぱい空いてたからですって。バッカじゃないの？」

「ボクになにか出してみてください。こういうのはネットで調べれば一発ですよ」

広海がスマホをかまえた。

「あとなんていってたかしら……。山に登った人が必ずすることは？」

「──下山《げざん》」

「ピンポーン。でもふつうはヤッホーでしょ。じゃあなんのために登ったっていうの？　下りるため？　バッカじゃないの？」

「なぞなぞってそんなもんですよ」

「あんたたち、なにかヤツをギャフンといわせるような問題考えなさいよ」

「うーん、若菜くんなにかある？」

「ないこともないですけどね。ウマに角《つの》をつけたらなんという動物になりますか？」

「ユニコーンでしょ？　そんなの簡単じゃない」

サクラが角に見立てた箸でジャガイモを突き刺した。

「答えは？　若菜くん」

「正解です」

「バッカじゃないの？　そんなのなぞなぞでもなんでもないじゃない」

「正解ですけど九九点です。ユニコーンは架空の生き物ですから。ちゃんと一〇〇点満点の正解があります」

「……なによそれ」

「すごい。ネットにもでてない」

「正解はウシです」

「バッカじゃないの？　ちびっ子でもだまされないわよ」

「なんで若菜くん、なんでさ」

「ヒントは干支《えと》です。午《ウマ》という字に角をつけたら牛《ウシ》になります」

「なるほど！」

「え？　どういうこと？　ぜんぜんわかんないんだけど」

「ではウサギに角をつけたらなんになりますか？」

「ウサギは子丑寅卯《ネウシトラウ》だから……、卵だな。でもたとえばカタカナのツノを足したら

〝ノ〟が二つ余るよね。それは深読みしすぎ？」

「正解は兎《と》に角《かく》です。とにかくこれが正解です」

「これは一本とられた。角を一本とられた」

「あんたたち、そうやって私を仲間はずれにするのね。いいのよ？　私このまま帰ったって。今夜はごちそうさまでした」

サクラがテーブルに両手をついて立ち上がろうとするので広海があわててなぞなぞの解説を始めた。

これでも今夜のサクラはふだんとくらべれば人当たりがいいほうだ。機嫌がいいのか、あるいは広海の存在がほど良いクッションになっているのか。

「ＯＫ。マスターしたわ。やるじゃないマド。ちょっとだけ見直してあげる。ねえ聞いて広海。この子ったら、なんでこの町にきたと思う？」

人当たりが良くてもこういう話題を切り出してくるから油断がならない。いくら広海相手とはいえ、デリケートな身の上話をあっさり教えるなどどうかしている。サクラときたら自分の話になるとはぐらかすくせに。

サクラについては父子家庭で育ったことくらいしか知らない。サクラはとっくに成人しているので、あゆみ地区にきた〝ワケあり〟の少年少女とは根本的に事情が違う。サクラにとって千晶は保護者ではなく保証人だ。

「マドもこんな小さな工芸地区に閉じこもってないで、たまには外の世界を見に行きなさいよ」

「行ってますよ。イベントの前には、チラシを配りにとか」

「あんた、いまいくつだっけ？　一八？　一九？　大人になるまでには地元に帰らなくちゃいけないんでしょ？　ちゃんと考えてる？」

「そういうサクラさんだって、まだ定職に就《つ》いてないじゃないですか。コロコロとアルバイトを変えてばっかりで」

「私はね、イヤな思いをさせて辞めさせる人間になるよりは、辞める側の人間でいたいのよ。ただそれだけ」

マドは水差しに伸ばしかけていた手をとめ、あらためて取っ手をつかんだ。しかし目の前の自分のコップはわざわざ注ぐほど空にはなっていなかった。

「それにしても今夜はお客が少ないわね。お盆が近いからかしら。こんなことなら国見さんも呼べば良かったわね。そうしたら私もタダ飯だったのに。ウフフ」

「サクラさんの大遅刻でけんかになっていたところでしたよ」

「そういえば広海、あんた国見さんの親戚なのよね。国見さんてなんで脚が悪くなっちゃったの？」

広海がそれとなく周囲に目をやった。

「おばさんは……、ロボット戦争で負傷したんです。頭の打ち所が悪くて」

「それ本当？　野次馬してたら流れ弾に当たったの？」

「違います」

「じゃあロボットがあの家まで攻めてきたっていうの？」

「いえそうじゃなくて、暴動をとめに行ったんだと思います」

サクラが首をかしげて眉間《みけん》にしわを寄せた。

「今日は調子が悪いのかしら。あんたたちのなぞなぞまで解けないわ。マド、あんただって知らないのよね」

マドは瞬《まばた》きでサクラに応《こた》え、広海の横顔に目を移した。

「設計事務所の仕事と、なにか関係があったんですか？」

「そのとおり。おばさんが造ったロボットが工場で働いていたんだ。おまけに中心になって暴動を起こしたのが、おばさんが造ったロボットらしいんだ。オフィス国見デザインていったら当時テレビでも名前が挙がったよ」

サクラがジョッキの底に残ったビールを飲み干し、テーブルの上に顔を突きだしてきた。そして口元にそっと手を添えた。

「だったら、悪いのは国見さんじゃない。あれって大大事件よ？　世界を一変させたんだから」

「……まあ、責任はありますよね。だから危険を承知で現場に踏みこんだんだと思います」

マドはサクラを強くにらみつけた。視線に気づいたサクラがくちびるを尖《とが》らせた。いまごろになって冷奴《ひややっこ》が届いた。サクラは店員から片手でヒョイと皿を奪いとると、テーブルの上の隙間にガチャガチャと音を立てて置いた。

マドはもうサクラをにらみつけるのをやめた。サクラも千晶をなじるような真似はしないだろう。四日市萬古焼《ばんこやき》の湯呑みを渡したときには、大事そうに両手で持って部屋に入っていったくらいだ。

マドと広海が先に店を出るとき、中にはフロア側にひと組と座敷に樺細工の職人をふくめたグループが残っていた。サクラは精算を気前よく引き受けたところまでは良かったが、のれんの間から見えるのはいつまでも厨房《ちゅうぼう》に指図している後ろ姿だった。

そのうちに三人組の客が入っていき、入れ替わるように二人組の客が出てきた。広海がいまさらシャツの匂いを気にしはじめていたらようやくサクラがのれんから顔を出した。

「お待たせ」

「村本さんごちそうさま」「ごちそうさまでした」

「これくらいチョロいものよ。私は先に帰ってお風呂に入らせてもらうわ。ごちそうしてあげたんだからそれくらいいいわよね。じゃ、あとよろしく」

サクラが店のレジ袋を広海に押しつけ、マドにはジャラジャラとホルダーのついたキーを押しつけてきた。

サクラはもうバッグをぶらぶらさせて歩きはじめている。マドは周囲を見渡し、二軒離れた空き店舗の前にサクラのスクーターを見つけて駆け寄った。

キーをさし、ハンドルを握って前に押し出してみる。

（あれ？　やけに重いな）

マドはタイヤの具合を確かめた。

「ハハハ……、村本さん、これを家まで押して帰れってこと？　ごちそうもタダじゃなかったな」

「しかも後ろの空気が抜け気味かもしれません。ちなみにそっちの袋はなんですか？」

「煮物と和《あ》え物が一品ずつ、パックに入ってる。ボクはもうおなかいっぱいだよ。若菜くんは？」

「……ひょっとしてそれ、国見さんへのおみやげじゃないでしょうか」

広海がレジ袋の口を開いてあらためて目を落とした。

「バイク、押すの手伝うよ」


「オーモテニンゲン　ウラニンゲン　ラークダニンゲン　ウマニンゲン」

通りゃんせのメロディーにのせた気味の悪い唄が聞こえてくる。

人には二つのタイプがあるという。それがオモテニンゲンとウラニンゲンだ。オモテニンゲンとラクダニンゲンは同じ意味であり、ウラニンゲンとウマニンゲンも同じ意味だ。

　オモテニンゲンはキャメルの分水嶺を持っていると幸せになれる。ウラニンゲンはホースの分水嶺を持っていると幸せになれる。その真相は定かではないが、人によって分水嶺との相性があることは以前からささやかれていた。それはそうとして、オモテニンゲンとウラニンゲンというワードが登場することにより、日本では一気に分水嶺の認知が広まったことはまぎれもない事実だ。特にこどもたちの間では一大ブームになった。

　まるで占いのように、生年月日や血液型や名前などを組み合わせ、自分がオモテニンゲンなのかウラニンゲンなのかを判定する遊びがはやっている。自分のタイプが判明すれば同じタイプの友達と仲良くなったりする。逆にクラス内で表と裏に分裂し、対立が起こって社会問題になりかけたこともあった。

　いつかは分水嶺を手に入れて幸せに。結婚するなら同じタイプの相手。違うタイプではどちらかが不幸になる。そうなるとお別れだ。

　見知らぬ小さな女の子が街路樹の根元にしゃがみこんでいる。唄を歌っていたのはこの子だ。いまはせっせと石で穴を掘っている。

マドは気になってクリーニングの手押しワゴンをとめた。

そこへ男の子が走ってきて穴掘りに加わった。この子はランドセルを背負って下校する姿を何度か見かけたことがある。

男の子がポケットから飴《あめ》色に光るコインを取り出し、人差し指の上ではじいた。頭よりも高く跳ね上がったコインを手の甲でキャッチした。うまいものだ。

「キミたち、そこでなにしてるの？」

こどもたちがいっせいに見上げてきた。

「おにいちゃんは？」

「おにいちゃんはクリーニングの配達の帰りだよ」

二人が顔を合わせて目で相談している。

「あっち行こうぜ」

逃げるように走り去ってしまった。

街路樹の根元には掘りかけの穴と石が残された。アリの巣や蟬《せみ》の抜け穴を掘り返していたわけではない。それくらいマドにも初めからわかっていた。

おそらく〝宝探しごっこ〟をしていたのだろう。ゴールドラッシュのフィーバーはちびっ子たちの世界にまでおよんでいる。そしてちびっ子たちもそれが禁じられた遊びであることを知っている。だから注意されたりすると、しらを切って逃げていく。マドは掘りかけの穴を埋《う》めてからその場を離れた。夢を壊すようだが、いけないことはいけないと教えてやらなくてはならない。うそは泥棒の始まりというように、コインを使った宝探しごっこはダンキストの卵になる。

ついでに夢を壊しておくと、たった一枚のコインで分水嶺を見つけることはできない。見つけるには両手いっぱいのコインが必要になる。しかも何度も投げて記録をつけて……、簡単に陽が暮れてしまう作業が待っている。

実際にたくさんのコインで分水嶺を見つけられるかという検証実験の動画がインターネットにアップロードされていた。しばらくして動画サイトから削除されてしまったが、実験自体は大がかりでなかなか興味深かった。ショベルカーを使って十円玉を一万枚以上すくってはばらまき、それを三〇人くらいで表と裏を数えていた。

動画はほとんどが早送りで編集されていたが、最終的には見つけられないという結果がでた。これには視聴者から指摘があり、十円玉は表と裏の重量バランスのかたよりから、五分五分の確率ではないというものが多かった。

視聴者のなかにはさらに深い考えの者もいた。たとえ重量バランスを等しくしても、人がコインの表と裏を勝手に決めている時点で正しい結果は得られないらしい。確率がしたがうのは人の決めたルールではなく、大宇宙の普遍の法則だという。大宇宙の普遍の法則から見た十円玉の平等院鳳凰堂は、それが一枚ごとに表の場合もあれば裏の場合もある。

だから分水嶺を探すには、やはり〝お宝探知機〟である乱数発生装置が必要になる。しかも高性能でなくてはならない。一般の店では売っておらず、製造メーカーから直接買って手に入れる。一台が十数万円もするので気軽に買うことはできない。ネットショップで売られている値段が安い装置は精度が格段に落ちる。

あゆみクリーニングの前には軽ワゴン車が戻ってきていた。前から突っこんで車がとめてあるのはおかみさんが運転した証拠だ。主人はバックできちんととめる。

盆の時期をむかえ、店は明日から四日間休業する。そのため客から返却の要望が重なり、マドも午前中から配達に加わっていた。

店に入ってもフロントは期待していたほどひんやりしていなかった。扉が開けっ放しにされていた時間があったのかもしれない。

「ただいま帰りました」

「ごくろうさま。今日は暑かったでしょ」

「喉《のど》がカラカラです。麦茶いただいてもいいですか？」

「それなら冷蔵庫にスイカが冷えてるはずだから、奥で食べてきていいわよ」

「それは生き返ります」

　ジャケットが並ぶパイプハンガーの裏側は壁一枚をへだてて作業場になっている。初めてその作業場を見たとき、まるでなにかの修理工場みたいだと思った。種類の違う業務用の大型機械が一見無造作に点在しているのだが、じつは作業の工程にあわせて最適なポジションに配置されている。

　生地《きじ》が汚れたり疲れたりした衣類はここで元通りにシャキッときれいになる。服に命を吹きこんで生き返らせることができる。ここはまさに服の修理工場なのだ。

　主人がプレス機でスラックスのアイロンがけをしている。熱そうな蒸気が体にかかっても顔色ひとつ変えない。ふだんは手伝いの女の人がいて、そこにおかみさんが加わることもある。専門的な技術が必要な作業ばかりなので、マドがこの部屋でできる作業といえば衣類の仕分けくらいだ。

マドはあえて声をかけずに台所に入った。

(うわ。まるまるじゃん)

冷蔵庫の中ではスイカが丸ごと一玉《ひとたま》冷やされていた。いかにも大ざっぱなおかみさんらしい。対照的に主人は繊細で几帳面な性格で、なおかつ根気強い。そういうところがクリーニングの仕事に向いているのかもしれない。

スイカをどこから切ろうかと迷っていたら主人がやってきた。

「手伝おうか?」

「ひとまずがんばってみます」

「一箇所皮をスパッと切って、そこを下にして安定させるといい」

「あ、なるほど」

黒い縞《しま》を横に向けてマドは端っこに包丁を落とした。

実家でも千晶のところでもせいぜい四分の一玉までしか買わない。だからスイカを切るのに手を焼いたことなどなかった。

「国見さん、なにかいってた? 私の代役を引き受けてくれたこと」

「立会人のことですか? 市の役人に分水嶺を探させるとか」

「そう。国見さんは脚が不自由なのに、私がこんな風になったばっかりに」

主人は首にコルセットをしている。十日ほど前に追突事故に遭った。軽ワゴン車の助手席にはおかみさんも乗っていたが、なぜか主人だけがむちうち症になった。

分水嶺が発見されて以来、乗り物の事故はニュースになりやすくなった。事故現場に分水嶺があって、それが不幸をもたらしたのではないかという疑惑が生まれる。初めからそこにある神木ならしかたがないが、誰かがわざと分水嶺を置いたのだとしたら問題だ。分水嶺は裁判でも犯罪の証拠に採用されないことになっている。

「大丈夫ですよ。ボクが付き添うことになってますから。それに国見さんもイヤなら他の人に任せているでしょうし」

「若菜くんにも悪いね。お詫《わ》びといってはなんだけど、スイカたくさん食べてよ」

「ご主人からお先にどうぞ」

「冷えてるかな」

「中心部分がまだでしょうから……先っぽは温《ぬる》いかもしれません」

不ぞろいのカットのなかから主人はひかえめに小さな一つをとった。

「ふむ。スイカを真ん中から冷やせる冷蔵庫を発明できたらノーベル賞だな」

「スイカ好きの科学者はいないものでしょうか」

主人が食べかけのスイカで冷蔵庫を指した。

「そいつはもう二〇年くらい使っているんだ。それなのにぜんぜん調子が悪くならない。名機だったんだろうな」

「名機？」

「家電や車の製造技術なんかは年々進歩していくんだけど、昔につくられた製品の性能を超えられないことがあるんだ。たまにね。私が持ってる古いカメラやヘッドホンもそうだ。そういうのを名機っていう」

「どうしてそんなことが起こるんですか？」

「機械の世界にも生命の神秘のようなものがあるんだろうな」

「不思議ですね」

「こういうことは国見さんに聞いてみなさい。あの人はエンジニアだから」

主人はスイカに口をつけ、なぜか顔をしかめた。

「冷蔵庫は名機なんだが、洗濯機の調子がおちてきた」

「あの大型のですか？」

「うん。昔やめていった同業者からのもらい物なんだよ」

「ライバル店があったんですね」

「二〇年前には、この辺りに多いときでクリーニング屋が四軒もあった。まだ此先ファクトリーズで人がたくさん働いていた時代だ。工場で汚れた作業服を、ボクらが請《う》け負《お》って洗っていた」

「そっか……、ロボットに働かれたら洗濯物がでませんね」

「そうだ。おまけにロボットによるクリーニング工場が建ちそうになって、そのときはさすがに廃業を考えたよ」

ロボット戦争が起きなかったらこのクリーニング店はなくなっていたのかもしれない。

主人がコルセットに手を当てて慎重に首を動かした。

「痛みますか？」

「一進一退だよ。治ってきたかな？　と思ったらまた痛くなってくる。それよりぐっすり眠れないことのほうが辛《つら》いな」

「お仕事の行き帰りはいつもおかみさんが運転しているんだと思ってました」

「あの日はたまたまなんだよ。かみさんが免許証を家に忘れてきたって帰り際になっていいだしてね。私が運転したのもイレギュラーだし、空き地のひまわりをチラッと見ておきたくていつもと違う道を通ったのもいけなかった」

「遠回りしたってことですね」

「そう思うかい?」

「はい。だっておかみさんは配達のとき必ず最短コースを行きますから。いつもと違う道ということは、必ず遠回りになるということです」

「ハハハ……、よくわかってるね。かみさんが近道を当てるのは野生の勘《かん》だな。ショートカットは生き物の本能だよ」

近道を行こうとするのは生き物の本能。つまり手っ取り早さを求めるのも生き物の本能ということだろうか。

おみやげだといって、スイカを半玉ももらってしまった。いったんは遠慮したのだが、食卓の顔ぶれを思い浮かべて受けとった。

その日の夜、深夜になっても広海は帰ってこなかった。彼の帰りを待っていたらうたた寝をしてしまい、物音に気づいて目を覚ましたときには時計の針は一時を回っていた。

物音というのは誰かが部屋の扉を強くたたく音だ。しかしこのとげとげしさは誰にでもだせるものではない。

「なんでしょう」

マドが扉を開けるとねまき姿のサクラが立っていた。

「あんた聞こえないの!?　さっきから下が騒がしいんだけど」

「そうでしょうか。サクラさんがノックする音にくらべたら……」

サクラが口先に人差し指を立てた。

「ほら、聞こえたでしょ？　強盗じゃないかしら。これから見に行くから、あんた私の前に立って盾《たて》になりなさいよ」

マドは目を大きく見開くとサクラを押しのけて駆《か》けだした。二階の扉も勢いよく押し開け、裸足《はだし》のまま一足飛びに階段を駆けおりていった。勝手口に回ると台所の窓から明かりがもれていた。

「お母さん!!」

マドは物音も確かめずに扉から中に飛びこんだ。

食卓を間にはさんで千晶と広海の姿が真っ先に目に入った。頭を左右に振って強盗の影を探す。

「……あれ？」

千晶と広海が眉をひそめてこちらを見つめている。

「どうしたんだい、マド」

「……どうしたって、その……、サクラさんが下の気配が怪しいっていうものですから。てっきり強盗かと」

広海が天井に目をやり、口を開けてうなずいた。

「それはきっとボクが帰ってきたときの音だよ。起こしちゃって悪かったね」

なだめるような手振りで近づいてくる広海のシャツはひどく汚れていた。ヘドロのような色に染まっていて悪臭が漂《ただよ》ってきそうだ。

マドは体を少し横に倒して広海の肩に隠れた食卓を覗いた。新聞紙が敷かれ、その上になにかが横たわっている。

「なんですかそれは!!」

一瞬赤ん坊に見えてしまった。しかも汚れた死体。

広海が口の前に人差し指でバッテンをつくった。

「ゴメンゴメン。驚くのは無理もない。でもこれはけっして血なまぐさいものじゃないよ。――ロボットだ。昔おばさんが造ったロボット。たったいま、ボクが工場の廃《はい》墟《きょ》から拾ってきたんだよ」

「……そうなんですか？」

千晶が口をへの字にしてうなずいた。

テレビで見たロボット戦争の中継ではもっと大きかったイメージがある。しかしあのときはまだ小学生だったので、なにもかも大きく見えたのだろう。それにしてもこの赤ん坊のような体で巨大な車両を並べた治安部隊に立ち向かっていたのが信じられない。

ロボットに目を奪われていたら後ろで物音がした。振り返ればサクラが立っていた。なぜかオートバイのヘルメットをかぶって。

マドは頭が混乱しかけた。むしろ彼女のほうが反乱ロボットのイメージに近かった。

そしてなんだか足の裏が痛い。裏返してみればドロッとした血が土踏まず全体に広がっていた。たぶん階段の途中でなにかを踏んづけたのだろう。

三億円の音

マドは最後に味噌をこして加えると、鍋《なべ》が煮立たないうちにガスの火をおとした。昨夜は何時までここの明かりはついていたのだろう。もう九時をとっくに回っているのに千晶が寝室から出てこない。広海の靴もまだ二階の玄関にあったので部屋で眠っているはずだ。

サクラには盆休みがないらしい。朝から仕事に出ていった。だからといって同情はしていない。寝坊してまた部屋の扉をけたたましくたたいてきた。そして朝食を作らされる羽目になった。スクーターに乗って飛びだしていった彼女はスイカについて釘を刺すのを忘れなかった。

廃工場から拾ってきたロボットは台所のテーブルから移されていた。セパレーターで仕切られた受付カウンターの裏側は、かつてここがオフィス国見デザインという産業用ロボットの設計事務所だった面影を一番残している空間だ。

壁にはひと月の予定を書きこむカレンダー式のホワイトボードが掲げられたまま。その端には従業員の名前がプリントされたマグネットが一箇所に寄せられている。勤怠チェックのタイムレコーダーはいまでも時計の役目だけは果たしている。返却されないままになっているリースの電話機が五、六台ひもで束ねられている。業務用のコピー機はふだんから使われている。

使いこまれた広い作業台も設計事務所の面影の一つで、いまロボットはその上にひざを曲げた状態で仰《あお》向《む》けにされている。目立った汚れはふき取られたようだが表面のツヤは新品にはほど遠い。大きな一つ目《モノアイ》は発光しておらず、天井の光が多重レンズに溜《た》まっているように見える。ロボットの横に眼鏡型ルーペが置かれており、精密ドライバーが散乱しているので千晶がボディを分解しようとしたのかもしれない。しかしなにかが取り外された形跡は見当たらない。

作業台には箱型の装置も置かれている。マドも初めて見るもので、前面の半分以上を液晶画面が占めていて、その隣にダイヤル式のつまみや小さなボタンが並んでいる。電源は入っていないようだ。装置から延びる太い配線は途中で二股に分かれ、ロボットの頭部とパソコンにつながっている。かすかな雑音は作業台の下に隠れている大型のデータサーバが出している。

外付けの階段を下りる足音が聞こえ、しばらくして勝手口の扉が開いた。シャンシャンという蟬《せみ》の鳴き声とともに入ってきた広海の髪はひどい寝ぐせ頭だ。顔はややはれぼったくて左右のまぶたの開き具合が違う。試合後のボクサーのようだ。

「おはよ」

「おはようございます」

広海がのそのそとガス台に進んで味噌汁の鍋を覗いた。そして食器棚からコップを手にすると冷蔵庫の扉を開けて麦茶のボトルを取り出した。シンクの前に立って二杯くらい飲んだだろうか。すりガラスの窓を見つめて吐息《といき》をもらした。

「昨日は何時まで起きてたんですか？」

「何時だろうね。最後に時計を見たときにまだ三時にはなってなかったな。布団にばたんきゅうして、一回まばたきしたと思ったらもうこの通り一〇時だよ」

まだ目の焦点が定まりきらない様子だ。

「廃工場には、なにをしに行ったんですか？」

「なにって……、だからそのロボットを探しに行ったんだよ」

「初めからそれが目的だったんですか？　工場に忍びこんだら、偶然発見したわけじゃなく」

「偶然といわれたら、奇跡に近いよ。隅から隅まで探して一体見つかっただけでも」

広海はフラフラと作業台の横を歩き、ストンと床にしゃがみこんだ。そして事務用キャビネットを一つ一つ確かめるように開けていった。重たそうなジュラルミンケースを引っ張り出したり、刃のついていない電動ドリルのようなものを取り出した。

「おばさん、人使いが荒いよな。昨日だってすぐに寝かせてくれなかったんだから」

「国見さんにいわれて、工場にロボットを探しに？」

「そういうこと。ボクがこの家にきたのは、半分がそのためだから。親戚とはいえ、タダで世話になるわけにもいかないだろ？」

「なんのためにロボットを？」

「そいつはおばさんから聞いてくれ」

「昨日は晩ご飯も食べずに探してたんですか？」

「まあね。あの工場はお弁当を食べるような場所じゃないよ」

「でも一度で見つけたんなら、むしろラッキーじゃないですか」

「一度じゃないよ！」

広海が立ち上がって両腕を広げた。

「ボクはこの家にきたその日からひそかに行動していたんだ」

「……ぜんぜん気づきませんでした。てっきり工房ばかり見て回っているものだと。でもなんで教えてくれなかったんですか？」

「悪いことだからね、工場だろうがどこだろうが、誰かの土地に忍びこむっていうのは」

広海が身を乗りだしてロボットを覗きこんだ。そして汚い雑巾でもあつかうように三本の指でそっとロボットの右腕を持ち上げ、その指を早々にシンクに洗いにいった。

「おばさんが探しているのはそいつじゃないんだってさ。やれやれ捜索はふりだしだ」

「おはよう」

そこへ千晶が杖をついて現れた。

「マドが作ってくれたのかい」

「ちょっと味見してみてください」

「味噌の代わりにケチャップでも入っていないかぎり文句はいわないよ。それで、サクラはどうした」

「サクラさんなら仕事に行きました。……あっ、スイカを残しておくようにキツくいわれてます」

「まったくあの子は、人がもらってきたものにまでツバをつけるんだね」

千晶は肩を小刻みに揺らしながら作業台に近づくと、キーボードをたたいてモニターになにかを表示させた。最初はちょこっと椅子に腰をかけていただけだったが、広海にジュラルミンケースと電動ドリルを足下まで運ぶように指図し、そのまま椅子に深く座りこんでしまった。

マドは食卓に朝食を並べておくことにした。

コーヒーメーカーをセットしておくのも、だいたいマドの日課だ。コーヒー豆はとびきり深煎《ふかい》りで、好みに合わないのでマドもサクラも飲まない。六人分だろうが八人分だろうが翌朝に残っていたことはめったにない。一日かけて千晶が一人で飲んでしまう。

広海がタブレットでニュースに目を通している。マドは勝手口を出て表のシャッターに朝刊を取りにいった。

通りは二つ先の十字路まで人影もなく閑散としている。それを見越して歩道に鉢植えをたくさん広げている家がある。ガレージの扉にはこども用のビニールプールが干されている。屋根瓦が放つ光彩がチカチカと目を刺激してくる。今日もビニールプールには出番が待っていそうだ。

盆の期間中は大半の伝統工芸士は地方に帰ってしまっていて、その間は工房で作業している様子を見学することはできない。去年は工房エリア全体がひっそりとしていたが、今年は店員が残って工芸品の店頭販売だけは継続することになり、観光客向けに二箇所で特別展示場も開設される。

マドはシャッターの投函口から朝刊を抜きとった。

ふだん工房と売店を一人で切り盛りしている伝統工芸士がいるが、盆に休みをとれずに不満を漏らしているらしい。盆や正月にせっせと働くのは性に合わないのだろう。しかしそこは工芸組合の決定が強く、足並みをそろえられないところは看板を下ろして地元に帰ってくれてかまわないという空気がある。あゆみ地区で工房を開きたい伝統工芸士はいまや全国で順番待ちなのだ。

「マドくん発見」

　振り返ると女の子が二人いた。雨傘をさしているのが〝ふみち〟だ。たぶん日傘の代用だろう。もう一人の女の子はたまに事務所に顔を見せる子だ。名前は知らない。

「やあ。ひょっとして事務所に用？　いちおう国見さんなら中にいるけど」

「違うよ。通りかかっただけ。私たち、昨日の続きでこれからバイト」

「あゆみ温泉だっけ。そっちのキミも？」

「違うよ、イレギュラーのバイトだよ。それに美琴《みこと》ちゃんはあゆみ温泉とは関係ないよ」

「……そっか」

「昨日めのう細工さんの引っ越しがあって、今日は後片づけと掃除なんだ」

「引っ越し、大変だったんじゃない？　ボクがここにきて間もない頃にめのう細工さんも入ってきたんだよ。鉄金具がついた年代物の箪笥《たんす》ばっかりで運ぶのメチャ重かった」

「めのう細工さん、マドくんのこと憶えてたよ」

女の子二人が見つめあってうなずいた。

「そうなの？　なんでだろう」

「作業は早くなかったけど、大事に扱ってくれたって」

「なんだそういうことか。昔おばあちゃんがいってたんだよ。家具はその場から動かさないかぎり百年でも二百年でも使えるって。家具が壊れるのは、部屋の模様替えをしたり引っ越しをするときに運んで動かすからだって。だから年代物の箪笥を引っ越しで壊したくなかったんだよ」

「いわれてみればそうかも。だって花いちもんめで『箪笥長持ちあの子がほしい』っていうじゃん」

「……それは長持ちするっていう意味じゃなくって、長持《ながもち》っていう収納家具のことだよ」

「え？　え？　そうなの？」

美琴という女の子がスマホで調べている。

「でもめのう細工さん、後継者が見つかって良かったよ」

「美琴ちゃんも密かに後釜《あとがま》狙ってたんだけどね。美琴ちゃんは将来職人希望なんだよ」

「ちゃんと考えてるんだな」

「私も地元帰って銭湯開けないかな。無理か」

隣からスマホを見せられて〝ふみち〟が目を丸くした。

「もうこんな時間！　遅刻するわ。じゃあね、マドくん」

「……ああ、遅れないように」

「ちなみに次は博多人形さんがくるんだって。これ最新情報」

二人が閑散とした通りを駆けていく。傘がじゃまになって徐々に置いてきぼり。早くこいと急《せ》かされている。ドタバタした微笑《ほほえ》ましい光景をマドは口を一文字に結んで見とどけた。

朝刊を持って戻ると千晶と広海が食卓に着いていた。

「それじゃあ昼も近いけど、マドが作ってくれたご飯をいただこうかね」

広海が中央の大皿からトマトとポテトサラダを取り分け、その大皿をシンクに返すとぽっかり空いたスペースにタブレットを置いた。

「ボクがロボットを見つけたのは、この工場。元はスピカディスプレイっていう会社の。写真は一週間くらい前に撮ったものだ」

日中に外から撮影されている。周囲の木々の枝がかなり建物に迫っている。この辺りの土壌はもともと草木生い茂る森だったので、いずれはまた木々に飲みこまれるかもしれない。

「ところどころ壁がごっそり崩落してますね。筋交《すじか》いの鉄骨がむき出しになってるじゃないですか」

「なにしろヘリで砲撃された発電施設の隣だからね。最終的に四分の一くらい焼けたんじゃないかな。中の様子もそんな感じだった」

「不審火もあったしね。ロボット戦争の二年後くらいだ。悪ガキが火遊びしたんだろうよ」

千晶が味噌汁の椀《わん》を慎重に口にあてた。そしてほんのひと口ふくみ、うなずいたあとはさらに椀を傾けた。

外壁にも室内にもいたるところにスプレーによる落書きがある。人が管理しなくなった建物とはだいたい気味の悪い場所になってしまうものだ。夜はせいぜい月明かりしか射さないだろうし、肝試《きもだめ》しをするにはうってつけのスポットだ。

「写真はないんだけどね、この場所と……、そしてこの場所の間くらいだ」

広海がパネルを何度かフリックして画像を往復させた。

「ロボットの通路になっていたのかな。壁と壁にはさまれていて大人が歩くにはせまいんだ。おまけに床に亀裂が走っていたからボクは無理してまで行かなかった。あのロボットを見つけた問題の場所に行くには、一度外に出て壁の穴から入ったほうが早い。玄関の近くにある階段を上がって、二階の廊下を渡って別の階段を下りても行けるけどね」

「問題の場所というのは、ロボット戦争後も手つかずになってたんですか？　あのロボットが回収されていなかったってことは」

「それがなんだよ。ボクが最初に通ったときには、間違いなくあのロボットはなかったんだ。ところが帰るときにもう一度通ったらあったんだ」

マドは椅子の背もたれにのけ反った。

「うわあ。なんだか恐いですね」

「なんだかじゃないよ。ボクは階段を下りてる途中で気づいて、思わず腰を抜かしたんだ。あんなに肝を冷やしたのは初めてだよ。あいつは床に倒れてたんだ。まるでそこで行き倒れになったかのようにね。腕もこんな感じで」

広海が右手を挙げてロボットの体勢を真似た。白目までむくものだから千晶が吹き出しかけた。

「野良犬が口でくわえて運んだんだろうよ」

広海がポンと手をたたいた。

「おばさんのいうとおりかも。けっこう大きな犬を昼間に何度も見たことがあるから」

「それを広海さんが拾って帰ったと」

「すぐってわけじゃない。ボクは情けないけどいったん壁伝いに外に出たんだ。それで一時間くらいは懐中電灯のライトをロボットに当ててたな。動かないのを確認して、恐る恐る拾いに戻った。ボディはドロドロだったよ。臭いしね」

「笑ってすまなかったね。ご苦労さん」

「だけどお母さん、あのロボットじゃないんですよね。本当に探しているのは」

千晶が作業台のほうに目をやった。

「いまあそこにあるのは『クレイン1《ワン》』という量産機なんだ。遠くの工場で大量に造られた。ロボット戦争のあとに回収されたものはそれこそいっぱいある。あたしが探しているのは、クレイン1の見本になった試作機なんだ」

「試作機も工場で一緒に働いていたんですか？　ふつうは博物館とかに展示されたりしますよね」

「クレイン1よりもなぜか性能が良かったからね。チーフロボットとして統制《とうせい》させたんだ」

「……名機だった」

　マドは冷蔵庫に目をやった。

「名機と呼んでも、いいのかもしれないね。――マド、後ろを見てごらん。部屋の隅《すみ》に事務デスクが積んであるだろう。ちょうどあの場所で試作機を造っていたんだ」

　マドは椅子の背もたれから振り返った。台所と特に区切りのない隣りあった空間はほとんど物置状態になっている。ふだんは明かりをつけることも滅多になかった。

「朝から晩まで、絶えず誰かが作業をしていた。大学教授や、他の会社からも専門の技術屋がやってきて、この事務所は〝たまり場〟みたいになっていた。みんなこどものような目をした大人ばかりさ。あの頃は社員以外の人間も二階に泊まりこんでいた」

千晶は遠くを見る目を輝かせて話した。

「試作機はロボット戦争後に此先ファクトリーズから消えてしまったんですか？」

「見つかったという話は今日まで聞いてないよ。遠くへは行けないはずなんだけどね」

「いまさら試作機の行方《ゆくえ》を探して、どうするんですか？」

千晶は手もとに目を落としてホットコーヒーに粉末のミルクを入れた。そして顔を上げたときにはさっきまで輝かせていた目の光が柔らかくなっていた。

「マドは、〝サウザンド・レポート〟を知ってるかい」

「はい。此先ファクトリーズ跡から持ち主不明の光磁気ディスクが見つかって、その中にサウザンド・レポートというタイトルで収録されていたとか。当時ロボット戦争の原因究明にあたった第三者の調査委員会から尾谷教授の手に渡って、解析したら〝分かれ道〟についてまとめられたデジタルデータだった。分かれ道とは後の分水嶺です。尾谷教授はサウザンド・レポートをもとに分水嶺の現物を発見し、オダニ部会を組織してリサーチを始めたんです」

「けっこう詳しいじゃないか」

「いえ、これくらいなら。でも謎が二つあって、一つはサウザンドがなにを意味するのか。〝千〟のことなんですけど、報告項目が千個あったわけじゃない。もう一つは誰が書いたのか。聞くところによると、コンピューターで自動生成されたような特殊なフォーマットで書かれていたらしいです。しかも記述にミスがたったの一つもない。つまり……」

「ロボットが書いたってことだろ？」

広海がごはんに味噌汁をかけている。

「もしもロボットによって書かれたものなら、分水嶺はロボットによって最初に発見されたということになります。未知の現象を人間よりも先に発見するなんて、こんなことといままでにありませんよ！」

マドは千晶と広海の順に目の色を確かめた。

「あたしゃね、マド……」

「はい」

「サウザンド・レポートを書いたのは試作機じゃないかと思ってるんだよ」

「え？」

「光磁気ディスクが見つかったのは、ウチのロボットたちが働いていた工場なんだ。スピカディスプレイの工場だ」

「……そうなんですか？」

広海がネコまんまを口にかきこみながらうなずいた。

「あたしが試作機につけた名前は千鶴《ちづる》というんだよ。サウザンドはきっと千鶴の千だ」

ロボット戦争の中心になったのが千晶の造ったロボットたちだと、つい何日か前に知ったばかりだ。ロボット戦争という出来事だけでもセンセーショナルなのに、分水嶺を発見したのも千晶の造った千鶴というロボットの可能性がでてきた。

どちらも世界を大騒ぎさせた出来事だ。その元凶《げんきょう》になったかもしれない人物が食卓をはさんですぐそばにいる。

「あたしゃ千鶴に会って聞いてみたいんだ。なぜ世界にゴールドラッシュを起こしたのかをね」

なにかを告げる高い電子音が鳴りはじめた。パソコンが処理を終えたらしく、千晶は広海に指示して音をとめに行かせた。しかし広海がキー入力しても鳴りやまないので千晶も杖をついて食卓を離れた。

（あれ？）

女の子の声がしたような気がして、マドはもう一度後ろの部屋を振り返った。

（誰だ？　ボクを呼んだ？）

――返事どころか物音もしない。

誰もいるはずがないのだから当然だ。ただの空耳だったのだろう。

それにしても不思議な感じがした。聞いたことがないのになんとなくなつかしかった。しかし頭の中で再生しようとしてもできない。自分を呼んだのか、誰を呼んだのか、もう記憶に自信がもてない。夢のように消えていこうとしている。

あの部屋の隅で千鶴という試作機が造られた。千鶴はクレイン1を統制できるくらい性能が良かったという。ロボットの場合、名機といえば知能が優れていることをいうのだろうか。千鶴はＡＩが優れていたから分水嶺の存在も発見できたのかもしれない。

千鶴による分水嶺の発見はその後世界的ゴールドラッシュに発展した。千晶が今日まで広海に廃工場を捜索させてきたのは、千鶴を見つけてゴールドラッシュを起こした理由を知りたかったからだという。しかしロボット戦争のときに現場に駆けつけた動機はまったく違うもののはずだ。あの時点ではまだサウザンド・レポートすら発見されていなかった。

責任を感じたからこそ危険を承知で踏みこんだのだろうと広海はいっていた。それは技術者としての立場だ。千晶は七年経ったいまでも技術者の目を見せる。そんな彼女にはあともう一つの目がある。それは母親としての目だ。

我が子を心配する母親の立場で現場に駆けつけた可能性はないだろうか。

マドやサクラも知らない時代から千晶は母親だったのではないかと思う。千鶴にとって恐い母親であり、ときに優しくて甘い母親だった。

（お母さんて呼んだのか）

マドは薄暗い部屋の隅に目をこらした。

その日の午後、広海は実家のある山梨にいったん帰省した。

千晶は作業台に向かってクレイン1の再生処理に没頭《ぼっとう》している。彼女がいま必要としている世界はマドが両手を広げて囲めるくらいのせまい空間でしかない。勝手口から見える様子はいつも同じで、まるでそこだけ時がとまっているかのようだ。昼も夜も関係のない生活をしている。作業の合間にごはんを食べ、疲れと眠気で倒れそうになったら寝室に消えていく。

盆休みが終わり、この事務所もシャッターを閉めてはいられなくなった。仕事を求めてやってくる里子にはひとまずマドが受付で相手をした。工房からも電話で臨時の求人が次々と入ってくる。マドはメンバーの割り振りまで任せられ、頭をひねって差しさわりのないシフトを考えた。その表を見せたら千晶は大きな丸をつけた。ちゃんと確認していたのかどうか疑わしいものだ。

受付には一度サクラも立ったことがあった。彼女はあみだくじを作って里子たちに引かせていた。結果に納得した里子は帰っていき、不満のある者同士でトレードしていたようだった。

マドは広海がクレイン1を拾ってきた廃工場を一度見にいった。しかし敷地《しきち》は金網のフェンスで囲まれていて中に入ることはできなかった。沿道はがれきや廃材を運搬するダンプカーがひんぱんに通っていて、少し離れた場所では常に作業員の影があった。あれでは夜を待たないと忍びこめそうにない。

広海は戻ってきたら千鶴の捜索を再開するといっていた。しかし此先ファクトリーズは全域にわたって解体ラッシュが始まっているのでのんびりとはしていられない。千鶴が見つかるまでは、クレイン1が謎を解く鍵になってくれることを期待するしかない。そのボディは何箇所かドリルを使って解体されていた。人間のような骨を持っておらず、カニやカブトムシのような外骨格のタイプだった。関節部分に小型で精密なモーターを搭載している。

バラバラになったボディを見ていると、まだうっすらと汚れが染みこんでいるのがかわいそうに思え、マドがていねいに洗浄してやった。台所用の洗剤くらいでは落ちなかったが、あゆみクリーニングでもらった業務用の薬品を使ったらかなりマシになった。

千晶はボディにもモーターにもいまは関心がない。彼女が興味をもっているものはメモリに記憶された膨大《ぼうだい》なデータだ。千鶴に関する情報が隠れていることを期待して、その解析を朝から晩まで続けている。

マドが千晶の体を心配するたびに、彼女は一瞬きょとんとする。最初はマドにもその意味がわからなかった。しかし曇りのない目を見せられているうちに、たいして苦にしていないからだと思うようになった。ここがロボットの設計事務所だった時代、千晶はいまくらい体を酷使していたのだろう。たぶんそれくらい働くのが当たり前だったのだ。

それと千晶のモチベーションになっていることがもう一つある。それはデータの解析を通してロボット戦争のことを思いだそうとしていることだ。千晶は当時のことを語ってはくれたが、最終的に頭に強い衝撃を受けており、自分が見て記憶したものとあとから警察や社員から聞いたこと、そして多少なりとも幻想が混じってあやふやになっている部分が多い。そのあたりを少しでも整理したいらしい。

千晶はロボット戦争の現場で千鶴の姿を見ている。その記憶に間違いはない。千鶴もクレイン1も千晶が送った強制停止のシグナルを受けつけなかった。これについては受信素子がシールドされていたことが後にわかっている。治安部隊に対して攻撃したトータルの時間を考えると、千鶴は中盤にはもう姿を見せなくなっていたらしい。クレイン1には千鶴によって攻撃プログラムが組みこまれていたので現場で統制する必要はなかった。千晶には千鶴が左右どちらかのマニピュレーターになにかを持っていたような淡い記憶がある。ここがどうしても気になっているようだ。

マドも事務所にいるときはだいたい作業台の周りで見ている。外から帰ってきて真っ先に足を運ぶのもここだ。

「ただいま、ツルちゃん」

ロボットの脳に該当する集積回路の基板に向かって話しかけると、パソコンのモニターに返事が表示される。「ただいま」といえば「お帰りなさい」を期待するのだが、クレイン1はなぜか現在の時刻で答える。彼らクレイン1には言語機能がついているが、工場ではあいさつを学習する機会がなかったのだろう。クレイン1の自己認識コードは「ツル」。

「お母さん、ツルちゃんにあいさつを教えてもいいですか？」

「それはちょっと待っとくれ。新しい知識で大事な記憶が上書きされてしまうかもしれない。あとでもう一度バックアップをとるから、あいさつを教えるのは明日からだ」

「いまはどんな会話ならいいんですか？」

「千鶴の居場所を聞いとくれ。どうせ教えちゃくれないだろうけど」

記憶データの解析は難航している。製作した千晶ですらわからない方式で暗号化されているようだ。千鶴が考案した言語といってもいいだろう。

「千鶴はどこにいるの？」

モニターには返事がない。

「ツルちゃんのリーダーはどこにいるの？」

「答えない」とモニターに表示された。

「お母さん、やっぱり教えてくれません」

「でも少し前進した。『答えない』と答えたからね」

「ツルちゃんは自分の声では話せないんですか？」

「あいにくいまうちに手頃なスピーカーがないんだ。イヤホンがあったらさしてごらん」

「それなら二階にあったかも……」

「クレイン１は人の言葉は聞きとれるけど、スピーカーを内蔵してないから話せないんだ。だからとりあえずこうやって画面に表示させている。その点で試作機の千鶴は声を出すよ」

「なんでツルちゃんにはスピーカーをつけなかったんですか？」

「コストダウンのためだ。バッテリーも余分に消費するしね。他にもいろいろ機能を省いている。そもそもロボット同士では声で会話する必要がない。信号をやりとりすればいいからね」

表のドアチャイムが鳴った。マドが受付に顔を出すと、苦笑いをした同い年くらいの男の子が扉の近くに立っていた。名前は知らないがあゆみ地区で見たことのある顔だ。頭とシャツの両肩がかなり濡れている。

「突然降ってきたんだ。ちょっと雨宿りさせて」

ガラス戸にも水滴が走っている。

「ついに降ってきたか。たぶんこれ、夜中までやまないよ。天気予報でいってた」

「そうなのか……。天気アプリでちゃんと見とけばよかった」

「家は遠いの？」

「そうでもないよ。走って帰ってもいいけど、スマホが濡れるのだけはイヤだな」

「それなら傘を貸してあげる。ついでがあるときにでも持ってきてくれたらいいよ」

「サンキュ」

ビニール傘を渡すと男の子は再び雨の中へと出ていった。

ちょうど事務所の受付時間も終わりだ。マドはシャッターを下ろして戸締まりをした。

セパレーターの奥からは千晶の話し声がしていた。マドが戻ると千晶は携帯電話を作業台に置いた。

「マドや。悪いがサクラを迎えにいってくれないか」

「サクラさんをですか?」

「傘がないんだとさ。いま外から電話をしてきた」

「……今朝は雨が降るからって、スクーターを置いていったんですよね。傘まで置いていったら意味ないじゃないですか」

「サクラらしいじゃないか」

「それで、どこに迎えに行けばいいんでしょう」

「郵便局の西向かいにいるってさ」

「郵便局郵便局……、ああ、わかりました」

「帰ってくるまでにご飯を作っとくよ」

マドは二階に上がり、足下がずぶ濡れになってもいいように短パンとサンダル履《ば》きに替えた。そして骨が曲がった古い傘とサクラの傘を持って出発した。

最初のうちは、のんびり歩いていた。どうせサクラは傘を届けにくるのが当たり前だと思う女だ。彼女に腹を立てたくなければ、はじめから彼女に誠意を示さないことだ。それが今日までの教訓になっていたはずだった。

しかし気持ちがはやって落ち着かない。あの居酒屋で、辞めさせる人間になるくらいならば辞める人間でいたいとサクラはいった。加害者になるよりは被害者に、という意味だ。つまりいま自分がどういう人間になるべきかと考えると、急ぐべきなのだろう。

町の大通りに出る頃には走っていた。シャツは雨と汗ですっかり濡れてしまっていた。信号待ちの交差点からは、はるか先に郵便局のものと思《おぼ》しき赤っぽい看板が小さく見えた。行き交う車のヘッドライトが絶え間なく降る滴《しずく》の糸を夜の闇に浮かばせている。晩夏の日射しが灼《や》いたアスファルトを冷《さ》ますには過剰な雨脚。

郵便局の西向かいには路地をはさんでコンビニエンスストアが建っているように見

える。

マドは首をかしげた。

ふつうはコンビニエンスストアに傘を持ってこいとはいわないものだ。

マドはくちびるをとがらせて横断歩道を渡りはじめた。前を見つめてはうつむき、また前を見つめる。

今日は午前中に弁護士から連絡があった。母の予定が少し早まって秋には帰ってこられるというものだった。

父と母に刑が確定したとき、マドを預かってくれるという親戚もいた。しかしマドにはためらいがあってすぐに答えを出せなかった。すると弁護士がとある提案をしてきた。

あゆみ地区という場所には伝統工芸を守る表だった制度があるかたわら、あまり表だっていない里親制度がある。里子は義務教育を終えた未成年者が対象で、モラトリアムといって大人になるための猶予《ゆうよ》期間として広く当てられている。傷ついた心のリフレッシュであったり、社会に戻るための心のリハビリであったり、将来をじっくり考えて決めるための場としてあたえられている。伝統工芸と抱き合わせのかっこうになっているのは、里子に将来の選択肢の一つとしてその世界を見せるためでもある。いまのところ里親が安定して確保できていないので一般にこの制度は知られていない。

タイミング良く里親が一人空いたと聞き、マドは迷わず首を縦に振った。

マドはもともと自分のいる社会がイヤだった。イヤなのはネットメディアと隣接した部分だけだったが、それが現代では大半を占めているように思えていた。

マドもインターネットを使うことはある。あゆみ地区について詳しく知ったのもインターネットだし、ふだん伝統工芸について調べることもある。しかしけっして頼りきってはいない。

地元の友達を見ていると不安になることがあった。彼らは問題に直面するたびにさっとタッチパネルを触《さわ》り、必要最小限の情報を得て問題を解決してしまう。マドはいつもそこに軽々しい達成感を見せられてきたような気がしていた。彼らはスマホを片手に毎日をスキップで進んでいく。それはいつの日か過去を振り返ったとき、インスタントな情報で満たされた空虚な人生に感じてしまうのではないかと、マドはそれが心配だった。

なぜそんなふうに感じてしまうのか、なぜ周りのスタイルに合わせられないのか、マドは考えるたびに分岐点に引き戻されてしまうのだった。そこは母に連れられて訪れた分水嶺。マドには妹がいたことを知った。「妹の分まで生きなくていいのか?」ともう一人の自分に問いかけられる。

だからマドはスキップせずに自分の足で一歩一歩進んでいく生活をおくりたかった。あゆみ地区の「てづくり・ものづくり」という言葉の響《ひび》きは、その望みを叶《かな》えてくれるような気がした。

ネットメディアが隣接する現代社会に住み、その環境に順応できる人間にもマドはアレルギーをもっていたのかも知れない。分水嶺を集める者だけがダンキストではない。インスタントな情報をもとに手っ取り早い成果を求める現代人自体がダンキストなのではないかと思うことがあった。

コンビニエンスストアの自動ドアから中を覗くと、レジカウンターで精算するサクラの姿があった。

ノースリーブのブラウスから大胆に覗かせた細い腕。ヒールの高いサンダルでつま先立ちになったふくらはぎには非力さゆえの引力がある。か弱き身を守るためにはその赤いくちびるで棘《とげ》をばらまくしかないのか。

レジ係の店員にクレームをつけている。いま、こっちに気づいて引き下がった。眉を吊り上げたままサクラが出てきた。

「遅かったじゃない」

「それはお待たせして申し訳ありませんでした」

マドはいったん背筋を張るとうやうやしく頭を下げた。

「嘘《うそ》よ嘘。私が思ってたより五分以上早かったわ」

「店員と、なにをもめてたんですか？」

「え？　ああ、あれね。前の客で使いかけたレジ袋を私に使ったから、ひと言いってやっただけよ」

「いちいち噛みつかないと気がすまないんですか？」

「うっさいわね。とっとと傘よこしなさいよ」

サクラは傘を奪い取ると代わりにレジ袋を突きつけてきた。

「今度は荷物持ちですか？」

「中身はあんたのよ。あんたフルーツヨーグルトとカステラ好きでしょ？　ネコまんまみたいにぶっかけて食べなさいよ」

「…………」

　サクラは傘を開くと夜の歩道へとさっさと歩きだした。マドも駆け歩きですぐにあとを追った。

「わざわざスクーターを置いていったのに、傘を忘れたんですか？　それに迎えにこさせなくても、さっきのコンビニでビニール傘でも買ったら良かったじゃないですか」

「ビニール傘なら更衣室のロッカーにあるわ。ほとんど新品のやつが、しかも二本もね。あんたなら三本目を買う？　私のロッカーは傘の格納庫じゃないわ」

「ボクなら二本目すら……。でも置き傘があるんなら」

「店を出るときはまだ晴れてたのよ。それよりあんたのその格好なんなのよ。まさかねまきじゃないでしょうね。黄色の短パンなんてどこの店で売ってるっていうの？　傘も折れてるしみすぼらしい。もっと離れて歩きなさいよ。彼氏だと思われたらどうしてくれるのよ」

　口も押さえずに吹きだしている。そのたびに肩を押してくるがサクラのほうから半歩横に跳んでいるだけだ。

「あっ、そうそう。例のなぞなぞ、失敗したわ。私ったら、ウシに角《つの》をつけたらなんになるかっていっちゃった」

「はあ？」

「あんたがややこしい問題を考えるからよ。ちょっとは責任とりなさいよ」

今度は思いきり背中をたたいてきた。しかも二度も三度もたたいてくる。しきりに口からこぼれるサクラの歯が艶《つや》めいているのでマドは避《よ》けなかったが。

「国見さん、今日もロボットに熱中してたの？」

「はい」

「あの人は〝虫〟よね。なんだかんだいって職人気質《かたぎ》。工芸士と一緒。職人ていうのは仕事に命を削るから恐いのよ。そりゃロボットに魂が宿るわけだわ」

「だから反乱を起こしたっていうんですか？」

「私はそう思うけど？」

「お母さんはそういったことも知りたくてツルちゃんを調べているんだと思います」

サクラが視界から消えてマドは立ち止まった。

「前から思ってたんだけど、あんた照れもせずよくお母さんて呼べるわね」

「べつになんともありませんけど……」

「じゃあ本当の親は？　立場ないじゃない」

「………」

サクラが歩きだした。マドもあとに続いたが、残る半歩を詰めるまでしばらくかかった。

「あんたの家、仕事なにしてたの？」

「ウチは……、金物屋です。祖父母の代から」

「ちょっとはやっていけてたの？」

「いえ、商店街自体が廃《すた》れて客足が遠のいていましたから。でもボクはがんばって商売を続けている父と母が好きでした。背中を見て育ってきたといえるかもしれません」

「そんな立派な親がなんで捕まるようなことをしたのよ」

「……それまでは、辛抱して働いて稼ぐしかないと思っていたんでしょう。それがあるとき悪い人にそそのかされて、簡単にお金が入る方法があることを知った。一人の客が鍋を買いにきてもたいしてお金は落としてくれません。三人の客がきても食っていけないでしょう。でもダンキストが分水嶺を運んできたら早めに店を閉めて遊びにいけます。働くのがばかばかしくなったんでしょうね」

「なるほどね」

「本当にわかったんですか!?」

「わかるわよ。ウチの親父と近いものがあるから。明けても暮れても地道な作業を繰り返す包丁職人よ。打刃物《うちはもの》ってわかる？　火を起こして鉄をたたいて鍛《きた》えて研《と》いで切れ味をだすの。流した汗ほど儲《もう》からない。親父だってダンキストにそそのかされたらどうなるかわかったもんじゃないわ」

「ということはサクラさんとボクは金物つながりですね。包丁はウチの店にも置いていました」

「店では売らないわ。プロの料理人に売るのよ。設計図もないのに頭と勘だけでどんな形の包丁でも作る。そりゃたいしたものだと思うわ」

サクラが心持ち歩調を速めた。マドも歩幅を大きくとって今度は半歩前に出た。

「どんなお父さんなんですか？」

サクラが立ち止まる。

「わがままな人よ」

そして歩きだした。

「私と反《そ》りが合うと思う？　それにくらべれば国見さんとは物を投げあわないだけでも仲良しだわ」

サクラは顔をそむけた。彼女の目線の先には夕げの団らんのときをおくる民家の窓明かりがあった。

「……ねえマド」

「はい」

「あんた、心ってなんだと思う？」

「なぞなぞですか？」

「バッカじゃないの？」

傘を打つ雨音にかき消されるほど小さな声だった。

なおも悪態をついている。

マドは息をとめて耳を澄ませた。しかしはっきりと聞こえてくるのは雨音ばかり。

くちびるを嚙み、漆黒《しっこく》のアスファルトに目を落とす。その目を上げて上目遣いに前を見つめると、三つ目の信号機がちょうど黄色のシグナルを点灯させたところだった。

思わず目をそむけた。

左から右へと傘がサクラの細い手を移っていく。そして腕時計の針を確かめている。マドも傘を持つ手を替え、レジ袋の中身をいまさら確認した。

サクラが水たまりを避《さ》けるようにヒールの高いサンダルを運んでいく。

マドは肩をピッタリと並べて水たまりに足を入れた。ときどき視線を感じ、そのたびに傘の影になった表情を盗み見る。

しかしサクラはいつでも険《けわ》しい目つきで前だけをにらみつけていた。

めざまし時計の針を確かめ、マドは足音を立てないように部屋を出た。広海もサクラもすっかり寝静まっている。

階段を下りているときに、表のほうから人の話し声がした。勝手口に回るとすでに台所の窓の明かりは消えていた。扉に鍵がかかっていることを確認し、事務所の横を走って表に回った。

一台のパトカーを先頭に、三台のバンが歩道に沿って一列に並んでとまっていた。思い思いのテンポでハザードランプを点滅させている。パトカーは赤色灯を光らせていない。

人気《ひとけ》の少ない早朝までをめどに、これからあゆみ地区にある分水嶺を探索する。発見した分水嶺はダンキストに盗まれる前に処分することになっている。町内会の寄り合いで決定したことで、市役所に依頼してようやく決行日をむかえた。市役所も公務といえども分水嶺の探索には警察への届け出が必要になる。

歩道にはちょっとした集団ができていた。その端に松葉杖をついた千晶も加わっていた。町内会長と副会長の顔もあり、声が大きいのはこの二人だ。制服姿の警官とその他の知らない顔は市の職員たちだろう。

警官によって全員の身元確認がとられた。マドは分水嶺探索のメンバーリストに入っていなかったが、千晶が付添人《つきそいにん》だといってその場で警官に話をつけた。マドは父と母のことがバレやしないかとかなりひやひやした。

それが終わると一〇人が三台のバンに分乗することになった。マドは千晶を助手席に乗せると、シートがたたまれたラゲッジのスペースに職員の男と一緒に乗りこんだ。

警官はバンのカーナンバーを書き留めていたようだった。

ラゲッジには小さなテーブルがセットされ、その上にノートパソコンが結束バンドで固定されている。はしごや大型の工具も一緒に積まれていて、そこに男二人が乗るとスペースにゆとりはなくなる。なぜか高枝切りばさみと虫取り網まである。

「分水嶺は、どれくらいまで特定するんだい？」

千晶が助手席から振り返って職員の男にたずねた。

「基本的に〇・四‰《パーミル》未満の分水嶺は検知しても切り捨てます。こちらのパソコンでも表示されないように設定されています」

「するとどうなるんだい。計算がややこしいね。アメリカで見つかった例の積み木が二・四%だったっけ。二・四%は二四‰。積み木が三〇億円だから……五千万円未満の分水嶺は見過ごすってことかい」

「あまり細かい分水嶺まで探知すると、町内会の議決があるとはいえプライバシーの侵害になりますから」

「五千万円といったら結構な額じゃないか」

「五千万といっても、〝探し屋〟の三人組の手元に入るのはせいぜい百万から二百万といわれています。現行犯で逮捕されたらほぼ起訴《きそ》されます。その先は実刑ですから、探し屋もそこまで危ない橋は渡らないものです」

「見つかるものなのかい」

「私は今回で市内の探索は九回目ですが、あゆみ地区ほどの広さもあれば一つや二つは必ず出ます」

運転役の職員が乗りこんできて、カーナビゲーションを設定してからバンを出した。

「マドや、しっかり見張っとくんだよ」

男が隣で顔色も変えずにノートパソコンの操作を始めた。

職員たちが分水嶺を自分たちの物にしてしまわないように住民が探索に立ち会うことになっている。その効果もあってか、いまのところ汚職があったというニュースは全国的にも聞いたことがない。

ノートパソコンの画面にあゆみ地区の地図が表示された。そこに三台のバンの現在地が数字で示され、二台がゆっくりと別方向に分かれていっている。まだ他の一台だけは最初の場所にとまっているようだ。

マドたちを乗せたバンはほどなくして道ばたにとまった。

「ひとまずここで計測します」

「1」「2」「3」の数字が線で結ばれて三角形を成している。

「この内側を測るんですか？」

「いや、最初はそれぞれの場所の数値を測るだけだ。測ったら次の場所に移動して、数値に変化があったら分水嶺が近くにあるということだ。あとはコンピューターが計算して場所を特定してくれる」

画面に大きく「計測中」の文字が点滅している。

「これを一般市民がやると後ろに手が回る。いいわけは通用しない」

マドはうなずきもせずにジッと画面を見つめつづけた。

父と母もそうだった。いいわけは通用しなかったし、初犯なのに執行猶予《しっこうゆうよ》もつかなかった。

「分水嶺が家の中にあったときはどうするんですか？」

「分水嶺を持ってること自体は犯罪じゃないから、警察には通報しない。ただし家の人にはいちおう確認する。『お宅に分水嶺があるのはご存じですか？』って。すると口をそろえて『知らなかった』っていう答えが返ってくる」

「それからどうするんですか?」

「『悪いやつに狙われるかもしれません』とだけ忠告する。すると『恐いから持って帰ってくれ』とほとんどの人がいう。持って帰るわけにもいかないから、家の人が見ている目の前で壊す」

「物を壊したら分水嶺の効果も消えるんですか?」

「だいたい消える。燃やしたら確実に消える。やかんや鍋の分水嶺はまだ発見されていない。毎日火にかけるからだろう」

画面から「計測中」の点滅が消えた。

「キミはあまり知らないみたいだな。若い子はみんなくわしい。ネットにいくらでも情報があがってる」

バンが再び走りだし、一〇〇mと進まないうちにとまった。

「ここから差分《さぶん》をとって計算する。分水嶺があれば三台の車が囲んだ部分が赤か青になる。赤がキャメルで青がホースだ」

五分ほどたっただろうか。囲まれた地図の部分が緑色に点滅した。そして真ん中に「NONE」と大きく表示された。そのエリアには千晶の事務所もふくまれている。

「お母さん、ウチは泥棒の心配はないみたいです」

「そうかい。それは良かった」

マドはふと気になってノートパソコンの配線を目でたどってみた。それは運転席の下に延びていっているようだった。おそらくそこに乱数発生装置があるのだろう。

男がスマホのメッセージアプリで他のバンと結果を確認しあっている。その内容に不審な点がないかひととおりパネルを確認させてくれた。

バンが再び走りだした。

かなり地道な作業だ。夢のある宝探しの印象は早くも消えようとしている。やってること自体が禁じられている行為のためか、職員たちが緊張しているせいで空気も重い。

ダンキストのなかには遊び感覚でやっている若者も多いと聞く。精度の低い乱数発生装置を忍ばせたデイパックを肩にひっさげ、スマホにインストールしたアプリケーションに解析させ、GPSと連動したマップを見ながら移動する。仲間たちと探してたどり着いた場所が工事現場。工具や部品や資材が置いてあるがどれが分水嶺なのか絞りこめない。当てずっぽうで盗んで帰ったらただのトンカチだったと笑い話になることあるのだろう。

「ダンキストって、たくさんいるんですか？」

「……いるな。町中で立ち止まっては歩きだすを繰り返す人は怪しい。そういう人はだいたい携帯電話を耳に当てている。仲間と連絡を取りあっていたり、通行人を装ってただ電話をしているフリをしているんだ。最近は警察も見て見ぬ振りをしているだけだ。片っ端からしょっ引《び》いたら留置場がパンクしてしまう。裁判所も仕事が増えてしかたがない。だから組織の幹部と中間のパイプ役を重点的に取り締まる方針に変わりつつある」

今度のエリアも緑色に点滅した。分水嶺がないのはいいことだが、内心ガッカリしてしまうのはなぜだろう。やはり分水嶺は好むと好まざるにかかわらず人々を魅了する。宝探しがタブーだからこそ若者たちの心を駆りたてる。

その後も探索は順調に進み、あゆみ地区の地図は塗りつぶされていってほぼ半分が緑色になった。かかった時間も半分くらいで、日の出までを目標としたペースとしても悪くはなかった。

助手席の千晶の首が少し右に傾いている。さっきからその体勢が続いているので眠ってしまったのかもしれない。

退屈だから眠たくもなるだろう。車内のムードもいっそう重苦しくなってきた。巷《ちまた》に分水嶺がなければアクシデントが増えなくていいが、人によってはそんな世界を刺激がなくてつまらないと感じるだろう。

「ヒットした！」

男のやや震《ふる》えた大声に、重たくなっていたマドのまぶたはパッチリと開いた。

「ホースだ。ギリギリ〇・四‰」

初めて画面のマップエリアが青く塗られた。工房のメインストリートからは少し離れた四つ角の一帯だ。

男がさっそくスマホで他のバンと確認をとっている。

「間違いない。二台ともヒットしたっていっている」

「どうするんですか？」

「ここからは少しずつ移動してポイントを絞りこんでいく」

マドは膝立ちになってフロントウィンドウの先を見つめた。この視界の中に分水嶺があるのかもしれない。

マドはまだ分水嶺の実物を見たことがなかった。風見鶏は盗まれるまでは分水嶺だとは知らなかったし、そもそも本当に分水嶺だったのかもわからない。実家の金物屋にも何度も持ちこまれていたはずだが、段ボール箱に入った仕入れの商品だとてっきり思っていた。

正面の赤信号と左右の黄信号が点滅しあっている。アスファルトに走る淡い光はハザードランプだ。四つ角で三方向から三台のバンが合流するかたちになった。画面に表示された地図は拡大されて直径一〇mくらいのいびつな六角形に絞りこまれている。

「以前もこういうパターンがあったな。あのときはマンホールだったけどな」

「郵便ポストなんて怪しくないですか？」

「そんなのどこにある？　ああ、あれか。いわれてみれば怪しいな」

男が運転席の下からケースを引っ張り出した。ティシュペーパーの箱よりは小さいだろうか。たぶん乱数発生装置だ。ノートパソコンにつながっていた配線をタブレットにつなぎ直している。そしてなにもいわずに運転手とともに下りていった。

マドは千晶の肩をたたいて起こした。

「お母さんは、どうしますか？」

「あ？　なんか見つかったのかい」

「はい。ホースの分水嶺が」

「あたしゃここで見てるから、マドは行っといで。社会勉強だ」

「じゃあ行ってきます」

マドもスライド扉から外に出てみた。

この辺りは工房エリアの外れだ。観光客の人通りが少ない分、業者の車がこの道を好んで通る。堂々と道の真ん中を歩けるのは深夜の時間帯くらいだ。

六つの人影が郵便ポストの周りに集まっている。会長と副会長はいないようだ。まさか千晶のように居眠りしてしまったのだろうか。これではなんのために立ち会いで監視しにきたのかわからない。

当てずっぽうでいったつもりが分水嶺は郵便ポストで間違いなさそうだ。デジタルカメラで写真を撮りはじめている。交差点をいったん通りすぎた新聞配達員がバイクをとめて視線をおくっている。

「これが分水嶺ですか」

マドは男にたずねた。

「ポストの中の郵便物の可能性もあるが、たぶんこれだろう。底よりも上のほうが反応が強い」

「どうやって処分するんですか？」

「これは郵便局の所有物だから、我々は勝手に処分できない。柱が地面に埋まっているし、誰も盗みはしない。それにほとんど価値がない。私もくわしくは知らないが、分水嶺としては二束三文《にそくさんもん》だろう」

「そうなんですか？」

「いくら強力な分水嶺でも、持ち運びにくかったら値段はグンと下がる。三角形の積み木も小さいから三〇億円もする。もし腕時計や指輪が分水嶺だったらもっと高くなるはずだ。身につけられる物は高い」

いまごろになって会長が出てきた。特に悪びれた様子もなく自動販売機に立ち寄った。そして缶コーヒーを口に傾けながら男たちに状況をたずねている。

会長はひととおり耳を傾けると、鼻を膨《ふく》らませ気味に語りはじめた。

「もともとは曲がり角の近くにあったんだよ。だけどこどもとバイクの衝突事故があって、死角をなくすために四、五m移したんだ。それにこの交差点、よく猫がひかれてカラスが集まってくる気味の悪い場所なんだ。若菜くんはあゆみクリーニングのご主人を知ってるよね」

「はい」

「まさにここが追突現場だよ」

ホースの分水嶺で不幸になったということは、主人はオモテニンゲンなのだろうか。おかみさんはけがをしなかったのでウラニンゲンなのかもしれない。

とにかくこの郵便ポストは交換すべきだ。聞くところによると悪い事故ばかりでいい出来事が起きない。

撤収するというのでマドはバンに戻った。

「お母さん、会長さんが不思議なことをいってました」

「見てたからだいたい想像がつくよ。事故が多いって話だろ」

「はい。呪われたポストでした」

「ひと言で事故が起きたといっても、分水嶺は事故につながる一つ二つ手前の出来事に作用することだってあるからね。なにが事故を決定づけたかなんて厳密にはわからない。ちょっと不思議なことが起こりやすい場所になってたことは確かなんだろうけどね」

分水嶺の探索はすぐに再開された。男たちからは肩の荷が下りたような印象があり、車内のムードはほんの少し明るくなった。一つも見つからないというのはかえって不気味なものだ。さんざん探索したあげくに計測ミスだったことも過去にはあったらしい。

東の空が白《しら》んだ頃に二つ目のホースが探知された。車の往来も出はじめ、早朝の犬の散歩やジョギングをする人が声をかけてきて作業は何度か中断した。

計測を重ねて公園にあることまでは絞りこめたのだが、どの遊具が分水嶺なのかがなかなか特定できなかった。滑り台なのか、ブランコなのか、あるいは砂場になにかが埋まっているのかもしれなかった。

あきらめかけていたら公園の隣の住人が様子を見にきた。そこで協力を依頼して家の庭に一台だけ乱数発生装置を入れて計測した。すると公園の隅に立つ監視カメラが分水嶺だとわかった。しかしまだ支柱部分なのかカメラ部分なのかはわからないので、日をあらためてくわしく調査することになった。

こどもたちが遊ぶ場所なのでアクシデントは少ないほうがいいだろう。逆に大けがをするところがすり傷ですむこともあるのだろうが。

「あとは工房の中心エリアだな。野次馬が集まる前に終わらせてしまおう」

朝日がすでに昇っている。予定よりも大幅に時間がかかりそうだ。それにさすがに眠たくなってきた。千晶はというとシートを傾けて本格的に眠ってしまった。

「さっきの監視カメラ、まだ新しいですよね」

「設置されたのはここ一、二年の間だろうな」

「じゃあ分水嶺は最近生まれたってことになりますよね」

「そういうことになるな」

「分水嶺はいまも世界のどこかで生まれている……。どうやって分水嶺は生まれるんですか？」

「それはサウザンド・レポートにも書かれていなかったし、オダニ部会の基礎研究でも解明できなかったらしい。分水嶺を人工的に作るなど、いわば錬金術だ。しかし一つわかりはじめたことがあって、分水嶺の誕生には人が関係しているということだ。密林のジャングルや、秘境や、南極でも昭和基地以外では発見されていない。人の住まない場所に分水嶺はないんだ」

「では知らず知らずのうちに人が作っているんでしょうか」

「〝作る〟ではなく、正確には〝宿す〟だ。分水嶺になった木や石があるくらいだから」

工房のエリアではそこかしこで朝の掃除が始まっていた。従業員や伝統工芸士がみずからほうきを握っている。業者のゴミ収集車の音もどこかから聞こえてきている。見学者や観光客がやってくる前に済ませないといけないのでこの時間帯は意外に気ぜわしい。

あゆみ地区がスタートしたとき、工房エリアは分野ごとにきれいに分かれていたらしい。それが伝統工芸の入れ替えを繰り返していくうちにはっきりとした区分けが難しくなり、やがてごちゃごちゃになっていった。

そのなかで陶磁器《とうじき》工房が並ぶ場所だけは変わっていない。観光客の人気も高いので自然とメインストリートあつかいになり、週末の歩行者専用区間としても整備されていった。後継者が見つかれば出ていくのがルールのはずだが、メインストリートに限ってはそんな動きはほとんど見られない。もはや商売が目的になっているのだろう。そのわがままが認められているのは人寄せの力によるところが大きい。

サクラがスクーターに乗って仕事に行く姿が見えた。もう時計の針はとっくに八時を回っている。助手席で目を覚ました千晶はしばらく運転手と話していたが、バンをとめさせると用を足しにひとりで事務所に帰っていった。

「後半に入ってからが長かったですね」

「一方通行が多いのが誤算だったな。でもあゆみ地区はマンション自体が少ないし、マンション付近でヒットしなくて本当に良かった。この探索は上方向が難点なんだ。ドローンを使うとなるとそれだけで一日がかりだ」

「分水嶺を探すのがこんなに難しいとは思いませんでした」

「今日は強い分水嶺だけ引っかかるようにしているが、弱い分水嶺ならもっとたくさんある」

ノートパソコンの画面から計測中の点滅が消えて地図の色が変化した。

「あっ！　光りましたよ！　赤は初めてじゃないですか!?」

「キャメルだな。大きい!?　二・四‰《パーミル》もある！　これはたいへんだ！」

他のバンから直接電話がかかってきた。向こうでも大騒ぎになっているらしい。

マドは画面に顔を近づけた。赤く光っているエリアには物置もふくめて四軒の陶磁器工房がある。

　まだ千晶が戻ってこないので他の二台のバンが移動して再計測することになった。

「物によっては三億円だな。私もここまで強力な分水嶺は初めてだ」

　強力といっても千枚のコインを投げて五〇一枚が表になるだけだ。表と裏の差がたったの二枚。しかしその分水嶺の周りでは一日のなかだけでもたくさんの物事が起きるものなので、長い目で見れば不思議なことがよく起きる場所になっていくのだ。

「この店、わかる？」

　男が画面を指さした。

「そこは、四日市萬古焼《ばんこやき》の工房です。ここからだと三軒先のあの建物です。白壁に茶色の幌《ほろ》が見えますよね」

「あの近くで変わったことは起きた？」

「いえ……、ボクは聞いたことがありません」

「ということは、最近焼かれたばかりの陶器《とうき》かもな」

　売られている焼き物だろうか。たとえば湯呑み。三億円の湯呑みが五千円を出してお釣りがくる値段で売られているのかもしれない。もしそうだとしたら、乱数発生装置で調べなくても陳列台の商品を全部買い占《し》めたらその人は億万長者になれる。

千晶がもらってきたあの湯呑みが三億円の分水嶺だった可能性もあったのだ。それがマドかサクラのものになっていた可能性も。運とは恐ろしいと思うし、その運を左右させるものが分水嶺でもあるのだ。

三台のバンが四日市萬古焼の工房の近くに集まり、職員の男たちが機材を持って入っていった。まるで警察か検察による家宅捜索の様相だ。マドも見にいこうとしたら会長と副会長にとめられてしまった。マドは正式のメンバーではないし未成年だし、四日市萬古焼の工房は交差点や公園と違って私有地だ。

「どうしたんだい」

「あ、お母さん」

千晶が車椅子に乗って戻ってきた。

「大きな声ではいえませんが、とびきり強力なキャメルが見つかりました」

「あそこは確か湯呑みをくれた工房だね。気前のいい主人で、寄り合いのみんなに配ってくれたんだ」

「配られなかった物が分水嶺だったんです」

「残り物には福があるっていうからね」

　会長と副会長が入っていってからまったく人の出入りがない。もうとっくに九時を回っている。腹が減ってきたので眠気が覚めてしまった。そろそろ観光客の第一陣もやってくるだろう。

「事務所のシャッターを開けないといけませんね」

「広海兄ちゃんが気を利かせて開けてくれたらいいんだけどね。悪いがマド、様子を見てきてくれないか」

「どうせなら最後まで見たかったな……」

「あたしがここでちゃんと見ておくから、あとで全部教えてあげるよ」

「わかりました。広海さんが起きていたら代わりにここにきてもらいます」

　マドが事務所に向かって駆けだそうとしたら、四日市萬古焼の工房からガラスコップが割れたような音がした。

　漆器《しっき》のように薄い四日市萬古焼は、砕けるときに高い音を立てる。

　おそらく三億円が砕けた音だ。しばらく耳から離れそうにない。

クレイン1の下半身は千晶でも修復できないらしく、残念ながら取り外すことになった。その代わりに広海が実家から持ってきたカー・プラモデルのキットを改造して取り付けた。左右に動力用の車輪一対と進行方向を変える車輪一つが今日からクレイン1の脚代わりになる。

「あっ、動いた」

「なんでバックするんでしょう」

クレイン1が作業台の上を後ろ向きに進んだ。縁《へり》から落ちそうになる前に広海が両手で受けとめた。

「おばさん、これ信号か配線のどっちかが逆になってるんじゃない？」

「逆でもなんだっていいんだよ。そのうちに自分で学習して修正するから」

「へえ、賢いんですね」

「マドが想像しているよりもうんとね。『自分よりも賢いんじゃないか？』って不安になるだろうよ」

千晶は目尻にしわを寄せた。

クレイン1はAIをもっている。大容量のメモリももっており、周りで変化が起きるたびに経験として知識をたくわえてゆく。同じことの繰り返しが多い工場の中よりも、人間と一緒にふつうの生活をさせたほうが様々なことを学習して早く賢くなると千晶はいう。

広海がクレイン1を床に置くとさっそく後退し、作業台の脚にぶつかって前進しなおした。

「お母さん、これはツルちゃんの意思で動いているんですか？」

「まだ意思というほどではないね。ボディがモデルチェンジされたら〝もがく〟ようにプログラムされているんだ。赤ちゃんみたいにもがいて、そのなかから可能な動きを模索していく。その調子だと、五分もすれば事務所の間取りをおぼえて我が物顔で走り回るようになるよ」

「そんなに早いんですか!?」

クレイン1は受付カウンターの横をグングンと加速していった。スピードが乗りすぎたためか左にカーブしようとして転倒した。しかしいとも簡単に右腕で起き上がった。

そこへ中年の女が事務所に入ってきた。足下のクレイン1を見て口に手をやった。するとクレイン1は女の顔を見ながら後退していった。

ここ数日は見知らぬ人間がよくやってくるようになった。彼らは決まって四日市萬《ばん》古焼《こやき》の工房の場所をたずねてくる。表のガラスに「information」の文字を見てこの事務所をあゆみ地区の案内所と間違えているのだろう。

四日市萬古焼の工房での一部始終は、会長から話を聞いた千晶が全部教えてくれた。あのときあの場では市の職員の説明で分水嶺の特定が始まったらしい。四日市萬古焼の職人は寄り合いにも出席していたので、分水嶺の探索が深夜からおこなわれていることは知っていた。しかし自分の工房で発見されるとは夢にも思っていなかったようだ。

二度の計測で大まかな絞りこみをしたところ、販売コーナーの真ん中に置かれた大きな平型の陳列台が赤く光る範囲に入った。そこからは三台の乱数発生装置でその陳列台を囲み、少しずつ商品を取り除いていった。取り除いたことによって赤く光る範囲が変化すればその商品が分水嶺ということになる。もちろん陳列台が分水嶺の可能性もあった。

この作業にはかなり時間がかかった。陳列台からようやく半分ほどがなくなり、箱入りの茶器セットを取り除いたら赤く光る範囲に変化があった。さらにその茶器セットに対して計測を重ねて急須《きゅうす》が特定された。

間近で測ると三‰《パーミル》もあったらしい。最初に探知されたときよりも実際は強力だった。

職員が仕事のマニュアルにのっとって忠告したところ、四日市萬古焼の職人は承諾し、その場にいた店員に床に落とさせて割ったという。すんなりと分水嶺を手放したことに町内会長たちはあ然としたらしい。

三億円以上という闇の価値は手放したが、店員がちゃっかりしていて急須の欠片《かけら》を店内に展示しはじめた。早くもその噂が口伝えとインターネットで広まって人気の観光ポイントになろうとしている。

「この表の通りがそうじゃなかったの？」

「いえ、工房エリアのメインストリートは二筋《ふたすじ》北です。まずそこまで出ていただいたら、右に折れて五〇mくらい進んでください。石畳が始まる三叉路まで行けばわかると思います。茶色の幌が目印です」

「ありがとうございます。さっそく行ってみます」

マドは扉から出ていく女を見送った。そこへモーター音をとどろかせたクレイン1が背後から接近してきたが、扉の敷居を感知して少し手前でとまった。

「ツルちゃん、もう事務所の冒険はやめたの?」

クレイン1が膝下くらいの高さから見上げている。マドが歩くとあとをついてきた。

「お母さん。ツルちゃん、ひょっとしてボクを認識したんでしょうか」

「そりゃ人の認識くらいはするよ。だけど対処行動を差別しないはずだ。人によって態度を変えないということだよ」

「でもおばさん、いま明らかに若菜くんの歩くペースに合わせてたように見えたけど?」

「歩くじゃまをするようなら問題だけどね。千鶴が組みこんだ攻撃プログラムは除いたつもりだから、尻をつねってくることはないと思うよ」

「お母さん、ツルちゃんを二階の部屋に持って上がってもいいですか?」

「ああ、データは全部サーバにコピーしたからそのロボットはもう用済みだ」

千晶はクレイン1との会話には初めから望みをもっていない。それはクレイン1の造りを熟知しているからこそだ。千鶴について質問しても答えないとなると、この先も永久に答えないということらしい。言い換えれば〝心変わり〟をしないということだ。メモリの重要部分にはガッチリとロックがかかっている。だから直接データを解析することで千鶴の謎に迫《せま》ろうと考えている。

広海は千鶴の捜索を再開したようだった。しかし廃工場の中はほとんど探しつくされている。あとは鍵がかかっていて入れない小部屋が二階に三つあるだけだという。その部屋には窓があり、いずれも割れているらしかった。誰かが金目のものを盗む目的で窓を割って入ったのだろうか。そうだとすればまだその部屋に千鶴が残されているとは考えにくい。

千晶はサーバにコピーした難解なデータコードを解析するかたわら、昔の関係者と連絡をとって工場の設計図を手に入れようとしている。地下室があるのではないかと疑っているようだ。しかし広海が調べてきたかぎりでは地下に通じるような階段はない。ロボットだけが到達できる地下室など作るものだろうか。

昼間に一度クレイン1を二階に持って上がり、ひととおり間取りを記憶させた。夜に再び持って上がると、床に置いただけで充電器のあるマドの部屋まで進んでいくようになった。

「完全におぼえたな。いまからこの牛乳を冷蔵庫に入れたいから、キッチンまでボクを案内してみてよ」

クレイン1が機体の方向を変えて廊下を進み、広海の部屋とサクラの部屋の前を通過する。突き当たりにある洗面所と風呂とトイレの手前を右に折れ、少し進んで今度は左に折れた。

「ご名答」

冷蔵庫の扉を開けて牛乳を手前のポケットに置く。扉を閉め、気になった床のゴミを拾う。するとクレイン1がキッチンの中を移動してゴミを拾い集めはじめた。

「ツルちゃんはしなくていいよ。これはボクの仕事なんだ。サクラさんが散らかしたゴミを片づけるのはボクの仕事」

ピタリと動きがとまった。クレイン1は理解できないときにはこのように動きがとまる。ロボットは人間の代わりに働くのが当たり前という鉄則でも頭に刻みこまれているのだろうか。

マドはクレイン1の両手から粒《つぶ》チョコレートの包み紙をつまみ取った。

「さあ、ボクの部屋に帰ろう。テレビを見ながら勉強だ」

クレイン1があとから遅れてついてきた。

マドは部屋に入ると天井の照明をつけ、次にテレビをつけた。服を着替えながらチャンネルを替える。クレイン1は勝手に充電器の上に乗って充電を始めた。

クッションに腰を下ろし、テーブルの上で化学の参考書を広げる。実家からは苦手な科目の勉強道具だけは持ってきた。古文と漢文も苦手だが、これは見たくもないので置いてきた。

通っていた高校は休学あつかいになっている。来年の春から通うとしたら三年生からのスタートになる。同級生はとっくに卒業しているので顔見知りの生徒はいない。

順調に進んでも高校を卒業するときにはマドは二十歳《はたち》。その先の進路は決めていない。今日までいくつかの工房から誘いを受けてきたし、伝統工芸の道を考えたこともある。しかし安易に決断してはいけないと思っている。自分がこれだと信じたものでなくては厳しい修行に耐えられないだろう。

それに、マドは伝統工芸の裏側も知っていた。

伝統工芸士とは国から認められた特別な職人であり、その世界では花形の作業をする存在だ。

漆器《しっき》といえば漆《うるし》をていねいに塗っている姿をイメージするだろう。陶磁器《とうじき》といえば回転するろくろで成形して、窯《かま》で焼いている姿をイメージするだろう。それが花形の作業であり、伝統工芸士はその工芸における頂点だ。

頂点に立ちたいと思う人材は、じつはそれほど不足していない。本当に不足している後継者は、伝統工芸のなかでも裏方や縁《えん》の下の作業をする人だ。その道を進むのは、まだマドが知らない、生きていくうえでの切実な問題があるような気がしている。

クレイン1がこちらを見つめている。そう思ったら視線の先は微妙にずれており、心持ちモノアイを上に向けて窓の外を見ているようだった。

「夜空を眺めてるの?」

マドはテレビ用のイヤホンをクレイン1のコネクタにさした。

「夜空を眺めてるの?」

《違う》

「じゃあ窓を見つめてるだけ?」

《違う》

「じゃあなんだろう。ああ、ひょっとしてあれか」

イヤホンを耳から外して窓辺に歩み寄り、カーテンレールから一九一羽の折り鶴を取り外した。

「ツルちゃんは鶴だってことを知ってるのかな」

クレイン1が充電器を離れて近づいてきた。

「きれいだろ？　本当はもっとたくさん折ったら千羽鶴になるんだけどね。一羽の鶴がツルちゃんだとしたら千羽鶴は千鶴だな」

マドはクレイン1をテーブルに載せた。そして一枚のメモ用紙を折ってちぎって正方形を作り、順に鶴を折っていった。

クレイン1がモノアイを下に向けてその様子を見つめている。

「ちょっと紙が厚いからかな、うまく折れなかったけどこれが鶴」

折り鶴をつまんで差しだすと、クレイン1は両手をゆっくりと動かして受けとった。受けとったあとも折り鶴が手の上で安定するように指の角度を微妙に調整している。その微調整はいつまでも収まる気配がなかった。

「願いが叶うよう祈りをこめて千羽折るんだ」

階段を軽快に上る足音が聞こえてきた。その足音はなぜか途中でとまり、しばらくしてからじれったいほどゆっくりなペースで上ってきた。

クレイン1はなおも指を動かしている。折り鶴の両翼がシーソーのように交互に傾く。

階段を上りきっただろう足音の主は玄関の扉を開けようとしない。鍵はかかっていないはずなのに。

かすかに声が聞こえる。マドは耳をすませた。誰かと話す声だが、息を殺しているとクレイン1のモーター音のほうが耳につくくらいだ。

一九一羽の折り鶴をカーテンレールに戻す。遠くで稲光があったのか夜空が一度フラッシュした。するとようやく玄関の扉が開く音がした。

サクラだったようだ。たぶん携帯電話で話をしている。

クレイン1はいつのまにか両手の上で折り鶴の向きを前後反転させていた。指をしきりに動かし、もはやなにをしたいのかはわからないが、デリケートに扱おうとする意思は伝わってくる。

サクラが廊下を歩いていった気配はない。まだ電話の話し声は近くでしている。

マドはそっと部屋の扉を開けて外を覗いてみた。

玄関に腰かけるサクラの背中がある。美容院にでも行ったのか艶《つや》めいた後ろ髪は小さめにまとまっている。しかしすその反《そ》り返りが大きくなった印象がある。携帯電話を左耳に当て、彼女にしてはひかえめな声量で話している。足をもぞもぞさせてサンダルを片方ずつ脱いだ。すっとんきょうな声を上げかけては抑え、脇に置かれたバッグの中を右手でさぐりはじめた。

取り出されたものは厚みのある封筒だった。右手の上で重さを確かめているその様子はどこかしら遊んでいるようにも見える。マドはチラッと振り返った。折り鶴はクレイン1の手の上で大切にされている。

（なんだろう……）

サクラが封筒を上下に振って中身を覗かせた。少しだけ飛び出たそれは紙の束だった。

（札束!?）

とたんに頭の中が砂嵐に襲われたような感覚になった。

次の瞬間、マドは自分が尻餅《しりもち》をついていることに気づいた。膝が折れたのか、腰が抜けたのか、それはわからない。どうやって閉めたのかもわからない扉を呆然と見つめるしかなかった。

廊下をスタスタと歩く足音がした。そして二つ隣の部屋の扉が乱暴に開けられては閉められた。

三人ですごした居酒屋での食事が思いだされた。あのときのサクラはずいぶん気前が良かった。あれからもずっと羽振《はぶ》りが良いのだろうか。

マドは目を大きく開いて頭に血の気が戻るのを待った。胸に手を当ててみれば鼓動はいまにもついえそうなほどか弱く打っていた。

テーブルの上では、相変わらずクレイン1が両手に載せた折り鶴を見つめていた。

人の心と秋の空

「ボクはこれからツルちゃんの工場に行かなくちゃならないんだけど、ツルちゃんも行く？」

《行かない》

「えっ……そっか。じゃあこの部屋で留守番しといて」

その答えは想定していなかった。

クレイン1は応答が速いので、たくさんのことを思考してもリアクションタイムにあまり差が出ない。いまの場合は即答ではなかったので多めに考えたほうだと思う。

マドは部屋を出た。充電器の上に乗るクレイン1はただ正面を向いているだけで見送りもしない。

とにかく答えがNOなら聞いておいて良かった。一緒に連れていけば役に立つこともあるだろうが、場所が場所だけに、千鶴との関係性の強さからすべての情報がロックされてしまいかねない。そうなるとただの重い荷物になってしまう。

サクラはまだ仕事から帰ってきていない。部屋の明かりが漏れていないようだし、玄関にサンダルが脱ぎ捨てられていない。

マドは廊下の明かりを消し、二階の扉の鍵を閉めると階段を下りた。懐中電灯のつき具合を確かめ、それを自転車の前かごに入れる。広海から持ってくるようにいわれているのだ。

サドルにまたがり、廃工場に向けて自転車を走らせた。そこで広海と合流する約束になっている。

あの大金を見た日から、あまりサクラの姿を見ていない。サクラは朝食のときも下に顔を出さなくなったし、夕飯も時間帯をずらして食べているようだ。同じ二階にいても顔を合わせることを避けているように思う。洗面所でもダイニングキッチンでも。

働いているのだから、まとまったお金を持っていても不思議ではない。しかしそれならば堂々とすればいいはずだ。心にやましさがあるからコソコソとしているに違いない。

まさかダンキストになって分水嶺を集めているのだろうか。いまの時代はふつうの人間が大金を持っていれば真っ先に分水嶺を連想してしまう。

マドはサドルから腰を上げた。平坦な道が上り坂のように感じられる。リュックサックを置いてきたのに背中にクレイン1が乗っているみたいだ。

いつも神経を逆撫《さかな》でるような言動で腹が立つことばかり。そんなサクラをうとましく思うのならば、いっそのこと逮捕されてしまえばいいと思うはずなのだが。

広海があゆみ地区にきてから、サクラとの距離が少し近づいた。少し近づいたことで彼女の良いところが初めて見えてきた。さらに近づけばもっと良いところが見えてくるような気がする。しかし父や母のように高い塀の向こう側に行ってしまってはそれも叶わない。

（なにか光ってる。まさかあれかな）

目的の廃工場はまだかなり先だが、道ばたに不自然な光の点滅が見える。

おそらく広海だろう。地面にしゃがみこんでいるようだ。頭にＬＥＤのヘッドライトをつけており、こちらに気づいてライトを消して立ち上がった。

「ライトのチラチラが見えなかったらうっかり通りすぎていましたよ」

「そのときはボクが見つけてたさ。ここは絶対に通ると思ってたからね。自転車はこの茂みに隠そう。工場の前にとめるなんて愚の骨頂だ」

車道から見えないように自転車をやぶの奥まで入れた。

「行きましょう」

「悪いね、犯罪に巻きこんじゃって」

「肝試《きもだめ》しなんかの話は聞いていましたから、ボクもかなり軽く考えていたところがありました」

「建造物侵入罪だったかな。いわゆる不法侵入だ。敷地や建物の管理がずさんだから軽犯罪法違反くらいで済むだろうけどね。通報されたら警察沙汰《ざた》になるのは免《まぬが》れない」

「覚悟はしてきたつもりですけど」

「いや、おばさんが全部被るっていってるんだから、ボクらは見つからないようにしよう。特に若菜くんは里子《さとご》だからね。おばさんも今日まで薄汚れたことは絶対にさせなかったんだよ。今夜の一回こっきりだ」

「じゃあ、今夜は無事が一番ということでいきましょう。千鶴を見つけるのは二番で」

「そうだな」

広海が右肩からずり落ちかけたなにかをかけ直した。

「なんですか？　その肩に巻いているものは」

「これはボクが作った縄ばしごだ。我ながら良い出来だよ」

「まさか縄ばしごで二階の窓まで上るつもりですか？　ふにゃふにゃで無理でしょ」

「上ると思った？　逆だよ。屋上から下りるんだ」

せっかちな広海が歩調を速めた。マドもすぐに横に並んだ。

「そんなの命がけじゃないですか。国見さん、喜びませんよ」

「命がけだなんて大げさだな。たかだか二m下りるだけだよ。ロープの強度もテスト済みだ」

「ボクはなにをすればいいんですか？」

「錨《いかり》の代わりになって、ロープをしっかり引っ張ってくれていたらいい。あいにく屋上にはロープを結ぶところがないんだよ」

「そんなの責任重大じゃないですか！　広海さんの命を預かるなんて、ボクには荷が重すぎます」

「じゃあ聞くけど若菜くんは体重いくら？」

「七〇くらいです」

「ボクは五九だ。役割を逆にすると二人とも大けがをする」

広海は度胸はあると以前にいっていた。しかしそのあとにいつもこてんぱんにされるともいっていたから不安でしかたがない。

「違う方法を考えたほうがいいんじゃないですか？」

「それがのんびりとはしていられないんだよ。昼間に業者の人間が図面を持って下見にきてたからね。きっと解体の日取りが迫ってるんだ。といっても解体には同じ重機を使うだろうから、順番は東に移っていくとしてたぶん次の次くらいかな」

誰かが切断してできた金網の穴から広海が入った。慣れた身のこなしだ。マドも体を丸めたつもりがシャツが引っかかった。

広海が自分の庭のように廃工場の敷地を進んでいく。昨日は激しい雨が降ったためか、ところどころで足下はぬかるんでいる。しかし彼はその場所を知っていて、まだヘッドライトを温存したまま見事に避《よ》けていく。マドはそのあとについていけば良かった。

　この工場はロボット戦争以前はいろいろなタイプの電光掲示板を製造していたらしい。電車やバスの表示器、そして店先でちょっとしたPRを流すメッセージボードなど。いまの外観からはそれらをいっさい連想させない。会社名であるスピカディスプレイのロゴや看板も取り外されている。建物の崩壊具合は七年以上の時の流れを感じさせる。

　玄関の付近には背の高い雑草が生えている。扉のドアハンドルには鎖が巻かれていて開きそうにない。広海はもとより扉から入るつもりはなかったようで、さっさとその横を通りすぎていった。壁がくずれてできた一つ目の穴も通りすぎ、ヘッドライトをつけると二つ目のむしろ小さな穴から中に入った。

　星明かりも届かないので中は非常に暗い。ライトで照らされた範囲しか見えず、そのライトを消そうものならばまさに漆黒の闇だ。

　マドは身震いして周りと天井を照らした。両側から金属の壁に迫られていて窮屈だ。

「ここはどんな部屋ですか？」

「並んでるのは配電盤かな。この下のほうにロボットが操作するための専用コンソールがついてる。電力の供給を管理する場所だ」

配電室を出て玄関の方向に通路を戻る。一度二度と続けざまに異臭が鼻に触れた。化学薬品とかすかな腐臭。鼻をつまんでいると見覚えのある光景が現れた。以前に広海がタブレットの画像で見せてくれた階段だ。シルエットは同じだが暗いせいで不気味な印象をあたえてくる。

階段の横にはエレベーターもある。電力の供給がないのでもちろん動かないだろう。目の前が玄関になっている。これは敷地を歩いてきたときに外側から見たものだ。しかし迂回《うかい》して歩いてきたので方向感覚がかなり怪しくなっている。

「ちょ、ちょっと待って下さいよ！」

声がエレベーターホールに響く。マドは自分の声に肩をすぼませた。

「え？　ああ、ゴメンゴメン」

広海がすでに階段を半分まで上って折り返そうとしている。ちょっと目を離している間にせっかちな彼はどんどん先に行ってしまう。こんな場所では絶対にはぐれたくないというのに。

二階に上ると通路は正面と左の二方向に延びていた。突き当たりを照らそうにも闇に懐中電灯の明かりがはるか手前で溶けてしまう。

広海が迷わず左に進んでいく。通路の左側に小部屋のようなものもあるが扉はすべて開いているようだ。広海が入ろうとしている部屋は扉に鍵がかかっているといっていた。

通路の中ほどでいったん小部屋が途切れた。

「これ、下に下りる階段じゃないですか？」

「そう、そこを下りた場所であのロボットを見つけたんだ。前に話しただろ？」

広海は顔を左に向けるだけでろくに立ち止まろうともしない。どんどん直進してようやく突き当たりで足をとめた。そこはエレベーターこそないが、下りの階段もあって玄関を上がった場所とほぼ左右対称の造りになっているようだ。

ここで右に進んでいくのかと思えば広海は階段を下りはじめた。彼の頭の中に描かれているプランがまったく見えてこない。

「屋上に行くんじゃないんですか？」

「その前にひと仕事ある。手伝ってくれ」

階段を下りた場所には完全な暗闇が待っていた。おそらく昼間でも真っ暗だろう。

ライトが当たる様子から壁までは遠い。部屋としてはかなり広いようだ。ここの空気も薬品の匂いが混じっている。深呼吸をしたら気を失いそうで恐い。

広海がヘッドライトを調整して少し光を強くした。

「ここにはなにをしに？」

「うん、一階でこの部屋だけは床にラバーが敷かれているんだ」

確かに足下には弾力がある。ラバーには厚みがありそうだ。

「もし地下に通じる扉があるとすれば、可能性があるのはここだけなんだ。だからどうしてもめくってみたくてね」

「国見さんも地下室があるんじゃないかって疑っていましたね」

「これで扉が出てこなかったら、おばさんも納得してくれるだろう」

ラバーの下はコンクリートの床になっている。接着されているがめくればはがれそうだ。

二人ははっきりと声が届く範囲で間隔をとった。広海が早くも巻きはじめたのでマドはそのペースに合わせなくてはならなかった。

思っていた以上に骨が折れる。重いし固くてあつかいにくい。確かに広海一人では無理だろうし、マドも懐中電灯片手では力が入らなかった。

（これじゃダメだ）

懐中電灯を床に置く。これで目の前を照らすことはできなくなったが、勘を頼りに両手で巻き上げていくことにした。

汗がしたたり落ちる。湿った肌が目には見えないホコリを吸い集めている。レインコートを着て漆器の工房を掃除するほうが快適なくらいだ。手のひらはいつのまにか得体の知れない粘液《ねんえき》でベトベトになっている。

丸めたカレンダーのように巻き上げたラバーが腰の高さに迫ったあたりで感触の違う床を踏んだ。

「なにかありましたよ！」

「ついでだからいったん全部巻いてしまおう。もうひと踏ん張りだ」

しかしそこからが長かった。いまやラバーは胸の高さほどに成長していた。力をゆるめたら反発力に押し返されて下敷きになりそうだ。もしもそうなったら這《は》い出ることはできないだろう。

「こんな感じだな。どの辺りだって？」

「ちょっと懐中電灯を取ってきます。手を離してもいいですか?」

「……大丈夫そうだな。勝手に転がることはないだろう」

マドは懐中電灯を取りにいった。

「えーっと、たぶんこれです」

ライトで照らすと一m四方もない扉があった。扉というよりもフタだ。フラットな床面に取っ手が埋めこまれているタイプだ。

「小さいなあ。あまり期待できないけど、この広い床の中でこれしかないもんな」

広海がさっそく取っ手に指を入れてフタを引き上げた。

「なんだこりゃ」

広海のヘッドライトの光はちょっと下に届いただけだった。コンクリートの底には配管が三本並んでおり、それぞれに円形のハンドルのようなものがついている。人が入ることは可能だがスペースはけっして広くはない。地下室ではなく床下としか呼べないものだ。

「止水栓《しすいせん》でしょうかね」

「うーん、残念。でもこれでこの工場には地下がないことが確定した。わざわざ地下なんて造るわけないよ」

　ラバーはそのままにしておき、フタだけは閉めておくことにした。

「無駄に疲れたな。これからが本番だっていうのに」

「屋上にはどうやって上るんですか？」

「二階に頑丈なはしごがついてる壁がある。こいつとは違ってね」

　広海がロープで作った縄ばしごを床から拾った。

「行こう」

　マドは階段を上りながら両手の握力を順に確かめた。これから綱引きのようなことをしなくてはならないのでリフレッシュさせておきたい。

　広海が二階の通路を進みながらときどき壁の扉を指さした。

　問題の小部屋だ。扉が開いた状態の部屋もあるなかで、確かに閉まっている扉が一つ二つとある。そして三つ目。いずれもスライド式だがひょっとしたら自動ドアなのかもしれない。

「ここだ」

　広海が突き当たりのかなり手前で足をとめた。

「床が濡れてますね」

「そういえばこの前きたとき、天井の扉を閉め忘れたっけ。ボクのせいだ」

頭上に目をやればはしごの先の天井から夜空が見えた。ここまでの暗くて閉ざされた空間から解放されたような気がして少しホッとする。

そう思っている間に広海がもうはしごを上りはじめている。マドもシャツの中に懐中電灯を入れると口を一文字に結んであとに続いた。

そこには新鮮な空気が待っていた。呼吸をするたびに胸の中が洗われるような気分がする。建物の中は気にならなかった場所でもかすかな異臭が常に漂っていたのだろう。

がらんとした屋上はテニスコート三面くらいの広さがあった。足下にはひび割れも走っていてコンクリートの小さな破片がたくさん転がっている。しかしおおむねフラットで、設置されているものは避雷針くらいしかない。

広海が少し高くなった縁まで歩いていき、下を覗いている。

「まずはここからだな」

「本当にやるんですか？　気が進まないなあ」

縄ばしごといってもはしごの構造をしていない。一本のロープに等間隔で輪っかが作られているだけだ。いちおうその輪っかはゴムホースのようなものでカバーされていて足を入れやすくなっている。

眉をひそめて見ているうちに広海にロープを腰の回りにくくりつけられてしまった。

「このロープのコブの部分をしっかり握っていてね」

「ちょ、ちょっと待ってください。ちゃんと打ち合わせをしておきましょうよ。広海さんは小部屋に入れたら、そのあとどうするつもりですか？」

「ひとまず、部屋の中から扉を開けるよ」

「開かなかったらどうするんですか？」

「……そうだな。開かないケースは想定していなかった。開いてる扉を見てきたところ、内側に手動のロックがついていたんだ」

「構造が同じとはかぎりませんよ」

「それだったらひと通り部屋の中を探して、また縄ばしごで上って戻るよ」

「じゃあボクは同じ場所で待機しておけばいいんですね？」

「そうしてくれ。扉が開いても開かなくても窓から顔を出して合図を送るよ」

広海はいちいち行動に移るのが早い。もうはしごを下に落として輪っかに片足を入れている。

マドはあわてて腰の高さを上下させ、足の幅を広くとったりせばめたりした。ほとんどしゃがみこんだところで靴が滑《すべ》り、そのまま尻をついて屋上の縁に靴底を密着させた。

なんとか踏ん張れそうだ。

「じゃ、行ってくるね」

「くれぐれも慎重に」

ロープを回した腰に一気に重みがかかってきた。といっても一番重さがかかっているのは屋上の縁の部分だろう。ロープが摩擦で切れなければいいが。

ときどき広海が震えた声で悲鳴《ひめい》をあげる。ロープと壁の間に手をはさんでしまうようだ。ロープの強度はテストしたといっていたが、自分で壁を上り下りするテストまではしていないのだろう。

（あっ、軽くなった）

窓から中に入れたようだ。下を覗いてみると広海の姿はなかった。いちおう懐中電灯で地面に落ちていないかも確かめた。

マドは大きく息をついて肩の力を抜いた。しかし調べなくてはならない部屋は三つある。ロープの上り下りを考えるとまだまだ先は長い。

恐る恐る縁に腰をかけ、下の様子に注意しつつ周りの景色に目をやった。

ロングアームを持ち上げた重機のシルエットが遠方に見える。先端のハサミで解体中の建物をつかんだまま作業を中断している。最期を看取《みと》られることなく死んでゆく人のようでもの悲しい。無人化された工場には、人の思い出がないのだ。西隣の大型の工場を間にはさみ、確かにその次がこの工場の順番になっているように思える。

「若菜くん！」

広海がロープを引っ張ってきた。

「どうでした!?」

「なんとか開いた。いまから中を通ってそっちに戻るよ」

部屋の中をくまなく探したにしては早すぎる。もぬけの殻の状態だったのではないだろうか。

マドがロープの強度をチェックしていると広海が屋上に上がってきた。

かめはじめた。


「空き部屋だったんですか?」

「いや、ホワイトボードと長机があって、会議室みたいなところだった。工場が無人化される前の名残《なごり》だな」

広海の表情は意外にいきいきとしている。さっそく縄ばしごを降ろすポイントを確かめはじめた。

「さっきと同じ要領で頼むよ」

「一度気持ちを入れ直しましょう。油断すると命取りです」

「なるほど。若菜くんとはちょうどいいコンビかもな。キミは慎重だ」

広海が自分の両手でほおをたたいてからロープをつかんだ。

二度目は最後まで悲鳴は上がらなかった。慎重に下りていったようで一度目よりも時間がかかった。そして窓から中に入ったあともなかなか合図は送られてこなかった。

家を出てから二時間くらいは経ったのだろうか。北東の方角にあったカシオペア座がかなり高度を上げた。月明かりがないので今夜は星がよく見える。中秋の名月はまだ二週間くらい先だろう。

ロープが二、三度引っ張られた。マドは縁から顔を出した。

「若菜くん、今度はダメだった。扉が開かない」

「わかりました。スタンバイしますから、一〇数えてから足をかけてください」

広海もたいへんだろうが、こっちもロープが腰に食いこんでかなり痛いのだ。

ふつうは工場の出入りにここまで危険は冒さない。しかし世界的ゴールドラッシュの発端になったサウザンド・レポートがこの工場から発見されたと思うと、危険を冒す価値があるのではないかと錯覚してしまう。

広海が上ってきて縁に抱きついた。思わず手を貸してやりたくなる気持ちを、マドはロープをしっかりと握る力に換えた。最後の輪っかに足が入ったようで、体を捨てるようにしてこちら側に落ちてきた。

「やっぱり上りはキツいな。でも小部屋はあと一つだ。せめて中から扉が開いてくれたらいいけど」

「いまの小部屋は？」

「たぶん物置だろうな。空《から》のポリタンクがいっぱいあった。それに太いケーブルだ。あとは新品の作業服が段ボール箱に入ってた。ロボットの手がかりなんてこれっぽちもない」

扉が開かない状態になっているからといって、そこが重要な部屋になっているわけでもなさそうだ。そう考えると最後の部屋も期待できなくなってきた。いくら残り物には福があるといっても。

広海も考えていることはだいたい同じのようだ。彼にしてはじゅうぶんすぎるほどインターバルをとり、目を閉じて集中力を高めてから下りていった。

今度は前の二度とは少し様子が違った。窓から中に入ったようだが、すぐにロープで合図があった。しかし身を乗りだして下を覗いてみても広海は頭を出していなかった。

その理由はしばらくしてわかった。工場の敷地に誰かが入ってきたのだ。その人影は三つから四つ。

マドは急いでロープを引き上げた。

こんな夜ふけに解体業者でもないだろう。若い男女の軽薄な話し声が聞こえてきた。ヒョロッとした影同士が肩を突き合い、ぬかるんだ足下に奇声をあげている。

肝試しにでもやってきたのだろうか。絶対に関わりたくない連中だ。今夜はなによりも無事という目標があっさりとついえてしまう。

（隠れているのが無難だな）

広海も彼らを招き寄せるような真似はしないだろう。

リュックサックを右肩にかけた男が携帯電話で連絡をとっているようだ。もう一人の男はなにも持っていない。工場の外観を調べているみたいなので、大きな壁の穴くらいはすでに発見しているだろう。少し離れた場所で寄り添う頭の高さがでこぼこの影はどちらも女のように見える。

背の高いほうの女の髪型にマドは目をこらした。すそが外に撥《は》ねた具合がサクラに似ていなくもない。

どんなグループだろう。年齢的なつながりが見えてこない。携帯電話で話している男は背広風のジャケットを着ていて比較的に年配だ。背が低いほうの女の影などは逆に服装の趣味が若い。フリルのような生地が腰回りで波打っているように見える。高校生あるいは中学生の可能性すらある。

そのとき腰のすぐそばでなにかが小さな音を立てた。

（なんだ？）

石ころのようなものが跳ねていった。おもむろに振り返れば、屋上の扉から人影が現れた。

——広海だ。少し身をかがめながらこちらにやってくる。

「いま、こっちになにか投げました?」

「ああ。いきなり現れたらビックリするだろ? 大声をあげられたらマズイと思って」

「……なるほど」

「ボクらの用事は済んだからいいけど、帰ろうにもだまって素通りさせてくれる連中じゃなさそうだな」

「なにを話しているか聞こえましたか?」

「はっきり聞こえたのは名前くらいだ。女の子二人はレンとシナモン。男の片方はキッド〝さん〟て呼ばれてた。あとの一人はわからない」

「あだ名ですらなさそうですね」

「組織のコードネームみたいなものだろうな」

「ダンキストですか」

「その線が強いな。いまの世の中、〝石を投げればダンキストに当たる〟だよ」

「部屋のほうはどうでした？」

「あれは部品庫だったな。スペアパーツがいくらか残ってた。でもロボットの部品じゃない。製造ラインのだ。というわけで、この工場に千鶴はいない。これにてミッション終了」

二人は再び屋上の縁から下を覗いた。

地上では人影が三つになっていた。もう一人の影がどこにも見当たらない。手ぶらの男が工場の中に入ったのかもしれない。

携帯電話で話していた男がリュックサックの中を手探りしている。小柄で一番若そうな女の子は暇を持て余しているのかレジ袋のようなものをぶらぶらさせている。サクラに似た女は腕組みをしている。腕組みをしているときの雰囲気も、片方の膝使いからいらだちがにじみ出ていてやはりサクラに似ている。

「帰りが遅くなりそうだって、おばさんに連絡をいれとこう」

広海が携帯電話を耳に当てたのでマドはそれとなく体を近づけた。

千晶はしばらくして電話にでた。広海がほおをゆるめてゆったりとした口調で話しはじめる。マドはうつむきつつも固唾《かたず》をのんで耳をすませた。

地下に通じる入口はなく、二階の部屋には簡単に入れたといっている。もう少し調べたい場所とはどこだろう。千晶を安心させるためのウソが混ざっている。広海の口からサクラの名前は最後まででなかった。

「これでよしと。とりあえず無理して帰る必要はなくなった」

「……国見さん、ガッカリされてました？」

「それは伝わってこなかったな。じゅうぶん想定内ってことだろう。——そうそう、若菜くんを無事に帰すようにいわれたよ」

地上が騒がしくなってきた。大声で誰かを呼んでいる。たぶん姿が見当たらなくなった男の名前だろう。しかしサクラに似た女だけは別のほうを向いている。

「あっ、また誰かきたんじゃないですか？」

「……二人追加か。これで六人になったな」

新手の男女だ。二人ともなにかを両腕でかかえている。毛布のようなものでくるまれているので中身は意外に小さいのかもしれない。

三人で迎えにいったようだ。しかし合流したとたん、三対二で激しく言い争いを始めた。新手の男女はかたまりを大事そうにかかえているが、いまにもそれを地面に捨てて一触即発のムードすらある。

その怒声のなかにサクラの声が確かに混ざっていた。今日までサクラと千晶の口げんかだけはさんざん聞かされてきたので間違えようがない。

誰かに後ろ髪をヒヤリとなでられたような気がした。その冷たい感覚は一瞬で背中へと下りていった。マドは地上でうごめく五つのシルエットから焦点をぼかし、そのはるか手前の虚空《こくう》に目を泳がせた。

膝から下がしびれたように頼りなくなっている。肩から背中にかけて無性にけだるくてしかたがない。こうなってしまったときに対処する術《すべ》をマドは知らなかった。大金を手に持ったサクラを見たときがそうだった。高校二年は二学期の終業式に叔父《おじ》が正門まで迎えにきて、父と母が逮捕された事実を知らされたときがそうだった。妹の存在を知ったときでもここまでひどくはならなかった。人生でたったの三度しか味わったことのない深刻なショックだ。

突然下から広海に腕を引っ張られた。

「どうしたの？　ぼうっと突っ立っちゃって。見つかっちゃうじゃないか」

「す、すみません」

そういう広海は腰を浮かせて覗きこんでいる。これにくらべて自分はよっぽど棒立ちになっていたらしい。

マドは尻をついて縁に背中を預けた。硬くて痛いがいまはもうどうでもいい。

「リュックからなにかを取り出したな」

広海はサクラの存在に気づいているのだろうか。あの大金を広海は見ていないし、まだ事務所でサクラの怒鳴り声を何度とは聞いていないはず。

「取引しているのかな。分水嶺かどうかチェックしているのかも」

星がきれいだ。こうして頭まで預けていると、輝きを競い合うカペラとアルデバランがちょうどいい角度に見える。

「もう一人の男がやっと戻ってきた」

少し風がでてきたようだ。見えている範囲に目立った雲はないが雨を予感させる湿り気を帯びている。

「四対二に分かれたけど、今度はどういう組み合わせだ？　四人のほうが工場に入ってきそうな雰囲気」

連中はこの工場がダンキストの〝聖地〟であることを知っているのだろうか。どうせ知らないに決まっている。

「こういう展開の場合、どんなことが考えられるんだろう」

マドもようやく縁から背中を離した。

広海は隣でほぼ真下を覗きこんでいる。マドは残されたという二人の影のほうを探した。

（あれだ）

二人組の内の一人がサクラ。もう一人も最初からいる小柄で一番若そうな女の子。上から下まで体をダラダラさせて金網のフェンスのほうに歩いていっている。

「ヤツら……、もうじきこの工場が解体されることを知らないのかな」

「どういうことですか？」

「たぶん、分水嶺をこの工場の中に隠すつもりだ。若菜くんも知ってると思うけど、分水嶺はたとえ手に入れることができても隠すのがたいへんなんだ。乱数発生装置に探知されるからね。警察なんかにマークされはじめたらアジトになんか持って帰れやしないよ」

「あとからきた二人が探し屋でしょうか。なにかを大事そうに持ってきましたよね」

「いや、ボクはそうは思わないな。携帯電話で話していたキッドっていうヤツが最初の四人組のリーダー格だろう。リュックを肩にかけてたけど、この中に分水嶺を入れてたんじゃないかな。この分水嶺を打ち消すためのキャメルかホースを電話で二人に持ってこさせたんだ」

「なるほど……。けんかをしていたくらいですから、別の組織のメンバーなんでしょうね」

「別の組織なんだろうけど、これもややこしいらしくてね。アルビノキャメルとダークホースだっけ。闇の組織だからその全容は警察ですらつかみきれていない。それぞれどれくらいの支部があるのか、どれくらいのグループに分かれているのか。アルビノキャメル同士でもグループが違えばもう仲の悪い別組織だよ。むしろ集める分水嶺が競合しないアルビノキャメルとダークホースの小グループのほうが仲が良かったりするんじゃないかな」

「最初の四人は、仲がいいんでしょうか」

「さあどうだろう。仲がいいとはいっても、美しい絆《きずな》で結ばれているとは思わないけどね。彼らを結びつけているのはしょせんカネだよ」

サクラは今夜の分水嶺でまた大金を手に入れるのだろうか。

広海の想像が正しければ、工場に入っていった四人は分水嶺を隠しにいった。その大事な場面に立ち会えないということは、外に残された二人は小グループのなかで下っ端なのではないかとも広海はいう。そうであってくれたら不幸中の幸いだ。警察は闇組織の幹部やパイプ役を重点的に検挙する方針をとっている。下っ端のサクラは見逃してもらえる。

四人が屋上にくるかもしれないと思い、マドは天井の扉から頭だけを入れて警戒を怠《おこた》らなかった。しかし耳をすませていても廊下を響く声すら伝わってこなかった。広海はまったく心配していないのか、はしごのロープを枕代わりにしてあおむけになってずっとスマホを見ていた。

サクラたち二人がなにをしているのかはまったくわからなかった。金網のフェンスの近くでたまに影が動くのだが、それがどちらの影なのかすらわからない。地上からも屋上の影は見えてしまうので何度も様子をうかがうこともできなかった。

「（あっ、出てきた！）広海さん」

いつのまにか人影のかたまりが工場から少し離れた場所を歩いていた。話し声は聞こえない。四つのシルエットがはずんで一度だけ奇声があがった。交互にハイタッチをしている。そして一人だけが手拍子で一本締めをした。金網のフェンスのほうに歩いていったが、そこでサクラたちと合流したのかは見えなかった。

広海がようやく起き上がってきた。

「どうした？　帰った？」

「はい。まだフェンスの辺りにいると思いますけど」

「やれやれ。三〇分近くもかかったな」

「……そうだ！　確かにさっきのあいつら、かかえてた荷物がなくなっていました」

「ボクのいったとおりだろ？　この工場に隠したんだよ」

「ということはまたいつか取りにくるってことですね」

「そうなるね。——さてと、ボクらも帰るか」

「まだ早いですよ。いま出ていったら表でバッタリってことも」

「若菜くんならそういうと思った」

広海とはそれからもしばらく屋上にとどまっていた。しかしそのうちにどこかから雷鳴がとどろき、雲行きも怪しくなってきたので帰ることにした。

やってきた通路を戻っている途中で広海が意外なことをいいだした。

「ラバーの部屋に寄り道していこう」

「いまさらなにをしに行くんですか？」

「ボクの推測が正しければ、ヤツらは分水嶺をあの床下に隠したはずだ」

階段を下りてみると、まさに広海のいうとおり、部屋にはラバーが敷き直されていた。ダンキストたちが四人がかりで戻したのだろう。そのわずか二時間前に二人がかりで巻き上げられていたことも知らずに。

「なんでこうなっていると思ったんですか？」

「最初に男の一人が工場の中を探しにいった。たぶん手頃な隠し場所をだ。あの男はボクがロボットを見つけた部屋に壁の穴から入った。ボクもそうだったんだけど、あの部屋から次にたどり着きそうな場所といったらここなんだ」

「そこまで読めてたとは。どうりで広海さん、ずっと寝っ転がって無関心だと思いました。それでどうするんですか？　まさかいまから分水嶺を取り出すんですか？」

「いやあ、そんな元気は残ってないよ。触らぬ神に祟《たた》りなしっていうしね。ミッションは終了したんだ。もうボクはこの工場との関係をきれいさっぱり切るよ」

広海はさっときびすを返して階段を上っていった。ぶつくさと悪態をついていたようだがマドには聞きとれなかった。二階の廊下を急ぎ足で進んでいると、広海は途中の小部屋に縄ばしごをやけ気味に投げこんで捨てた。

金網のフェンスの付近にサクラとダンキストたちの姿はなかった。しかし今日ここにくるときには目につかなかったゴミが歩道に散らかっていた。ファストフードの紙コップと、くしゃっと丸められた紙袋。そして二、三のタバコの吸い殻。マドにはそれらがあたかも縄張りを示すマーキングのように見えた。

自転車をとめた場所まで広海とは無言で歩いた。

広海の歩調は珍しくゆっくりとしたものだった。いろいろと疲れが出てきたのだろう。ときおり開いた両手を見ているのは、ロープのはしごで下りた恐怖がいまさら実感となって彼を襲っているのかもしれない。

マドも足どりは重かった。サクラさえやってこなければ、いまこうしてうつむいて歩くこともなかったはずだ。あんな場所で彼女を見たくなかった。知らずにいたほうが少しは幸せだった。

かつての此先ファクトリーズを離れ、あゆみ地区に入った辺りから雨が落ちはじめた。風もすっかり湿り気を帯び、いまにも本格的に降りだしそうな気配だったので、マドは押していた自転車を広海にゆずって走ることにした。

帰り道で、マドは広海にダンキストたちのことを誰にもいわないように頼んだ。彼は首をかしげたが、しばらく無言で考えた後に承諾してくれた。

じつはサクラのことに気づいていたのかもしれない。あるいは半信半疑だったところ、口止めされたことによって確信したのかもしれない。

土砂降りになった雨のおかげで、お互いに心の中を探り合うようなことはせずにすんだ。いっそのこと二人の記憶から今夜のサクラが消えてくれたらいいのにとマドは思った。

事務所に着いたときには上から下までずぶ濡れになっていた。自転車を階段の下にとめるときに広海は気づいただろうか。その横の洗い場には一足のスニーカーが雨ざらしになっていたことに。きっとそこでサクラがあのぬかるみの泥《どろ》を洗い落としたのだ。

秋の工作教室に向けて生徒の募集がスタートする。春にもしたように、あゆみ地区の里子たちでチラシを配ることになった。日頃世話になっている工房へのささやかな恩返しだ。

事務所でチラシ作りをするので、里子たちには暇なら手伝ってほしいとだけ伝えてある。大人数でやっても効率が悪くなるのでこれくらいの呼びかけで丁度良かった。ただしチラシ配りは全員が平等になるようにシフトを決めてやることにしている。

今回はマドが幹事役に名乗りをあげた。シフトもそうだし、その前に日取りを決めなくてはならない。好天に恵まれるとはかぎらないので予備日も必要だ。春は配布場所によって数がさばけなかったこともあったので選定のやり直しをした。しかしまだ下見を済ませていない箇所があった。

昼休みをはさむとメンバーは全員入れ替わっていた。ほとんどアルバイトで抜けていき、一人は家の用事だといっていた。いまは四人で作業をしている。

「若菜くん、撮影班からまた画像届いたよ。これであと三つかな」

「今度はどこ？」

「将棋駒工房。これでいいかって聞いてきた」

男の子が後ろからスマホを見せてきた。

「……職人さん、どう見ても片目つぶってるよな。もう一枚お願いして撮らせてもらえないかな」

「わかった、いってみる」

「マドくん知ってる？　将棋駒工房さんて、春の教室でおじいちゃんばっかりきちゃったんだよ？　その前の夏の教室でも」

〝ふみち〟こと平井文枝《ひらいふみえ》が目尻にしわを寄せながらいった。

「それは職人さんも複雑な心境だろうな。募集には年齢制限をかけてないからしかたがないけど」

「はじめから年寄りにチラシ渡さなきゃいいんじゃね？」

「私それ反対。街歩いてて、ポケティ私だけスルーされたらなんか傷つくもん」

「……あるあるだな。撤回する」

「いちおう工房の人たちには若い人に配ってくれっていわれてるんだ。だから露骨にならない程度にターゲットはしぼろう」

広海が自転車に乗って出ていく様子がガラス越しに見えた。風にそよいでいた髪が目に新鮮だった。

今日広海が出ていくのは二度目だ。一度目は九時すぎで、出ていったと思ったらなぜか外から表のシャッターが上がって扉をたたいてきた。彼はお客さんだといってあらためて出ていった。

表には婦人と中学生くらいの少女が立っていた。二人の雰囲気から里親と里子かもしれないとマドは思った。となると見た目は幼くても義務教育は終えている年齢ということになる。

マドは二人を中に通すと扉付近にテーブルと椅子を用意した。奥から出てきた千晶は目を丸くしたものの、訪ねてくるという連絡は受けていたようだった。その約束より三〇分以上も早かったのだ。

二十歳をむかえてあゆみ地区から去る里子がいれば、新たにやってくる若者もいる。ここ一、二年はほとんど人数が変動していないらしい。

厳密に調整されているわけではなく、たんに里親の事情に依存しているだけだ。里親の受けいれ態勢が整ったときに、社会でそれを必要とする若者がいればマッチングする仕組みになっている。タイミング一つ、運の巡りあわせだ。

マドの場合もそうだった。父と母が逮捕された頃、あゆみ地区ではサクラが手漉《てす》き和紙の修行を投げだしていた。サクラの保証人として工房に対する負い目を感じたのか、千晶はみずから里親となって若者を一人受けいれる気持ちになったようだ。

テーブルでは千晶からアルバイトのシステムが説明された。あゆみ地区の里親制度では里子は働くことが条件になっている。世話になる家でかかる最低限の生活費は自分で稼がなくてはならない。海外留学のホームステイとは違うし、それに昔の丁稚《でっち》奉公とも違う。里親は自営業を手伝わせる目的で里子を養うことは認められていない。過度に働かせるケースがでると、未成年の若者にモラトリアムをあたえるという本来の目的が失われるからだ。だから里子は外に出て働かなくてはならず、その労働時間などを千晶が把握してコントロールしている。

主な働き場所になっているのが工房だ。工房には人手不足という現実があるなかで、町の政策に従い、一般には求人をださずに千晶の事務所を通して里子たちを雇っている。しかし必ずしもその賃金に釣りあうほど里子たちが役に立っているわけではない。半人前であったり、〝お荷物〟扱いされている節《ふし》を感じることもある。

少女とは結局折り合いがつかず、その場で仕事は決まらなかった。千晶は百聞は一見にしかずといって工房見学を指示した。そこでマドが欄間《らんま》工房に案内し、昼からは焼き物工房の共同作業場に連れていって預けてきた。

「ねえマドくん。チラシのレイアウトだけど、この下のほうにぽっかり空いてるスペースってなに？」

平井がノートパソコンの画面を指さした。

「ああ、そこはなにかサンプルを貼りつけたいなと思ってね」

「サンプル？」

「和紙とか、染め物の生地とか」

「本気？　これチラシだよ？　しかも千六百枚だよ？」

「大変なのはわかってるけど、心をこめたいんだ。もらって心が温まるような」

「それならチラシの背景を暖色にしようよ。赤系とかオレンジ系とか、ブラウンでもいいじゃん。とにかく貼るのはよそう」

「二人はどう思う？」

「次回のハードルが上がっちゃうんじゃね？　前回のチラシって文字とイラストだけだったじゃん。しかもはがきサイズ。でも生徒そこそこ集まったらしいじゃん。今回はカラー写真が入るだけでもかなり進化したと思うけど？」

「美琴ちゃんは？」

「チラシは効果があるけど、必要不可欠じゃない。工房エリアのポータルサイトにも工作教室の告知と応募フォームはある。工作教室がメインで、チラシはメインじゃない。チラシに感動は要らないと思う」

軽トラックがゆっくりと通りすぎていった。荷台には幟《のぼり》のようなものがたくさん積まれていた。近々四国フェスタが催されるので工房エリアに立てるのかもしれない。

「……みんなのいうとおりだな。まったく返す言葉がないよ。ボクはなにを入れこんじゃってたんだろう」

「マドくんヘコまないで。感謝の気持ちだったら、職人さんたちにじゅうぶん伝わるよ」

「あっ、撮影班から画像届いた。でも今度は筆工房。将棋駒工房の写真は……、いいだせなかったみたい」

「じゃあなんで最初の写真でいいかなんて聞いてきたんだろ。でも私だっていいだせなかったかも」

「大丈夫。あとでボクが行ってお願いしてみるよ」

作業は残りの写真が届くのを待って解散した。

サクラのスニーカーは、今日も洗い場に残されたままだ。あのあと乾いた頃にもう一度夕立に打たれている。放置されていることがなにを意味しているのかはわからない。もう工場に行かないという意味なのか、新しい靴を買うという意味なのか、置いていることを忘れているのか、そもそも意味などないのか。

意味があるかもないかもわからないことに頭を悩ませてしまう。

雨は、当分トラウマになりそうだ。サクラと並んで歩いたときが雨。あのとき彼女が尋ねてきた心に答えられたら、せめて真剣に受けとめていたら、〝その後〟は変わっていたのだろうか。あの大金にまつわる出来事も、廃工場の屋上から見た出来事も、はじめから起こらなかったのかもしれない。

「マドくん、真っ直ぐ行ってどうするの？　こっちでしょ？」

いつのまにか焼き物工房が並ぶメインストリートに出ていた。

「あれ？　ボクどこ行こうとしてたんだっけ」

「作業場の様子を見にいって、そのあと将棋駒工房で写真を撮らせてもらうんでしよ？」

「……そっか。あれ？　二人は？」

「さっき交差点で別れたじゃん。しっかりしてよ」

「平井さんは、あゆみ温泉のバイトじゃないの？」

「まだ時間があるんだよ。いっぺん帰ってご飯食べてからだし。話聞いてなかったの？」

「……ゴメン。じゃあ、共同作業場行かなきゃ。どの工房から中に入らせてもらおうか。昼と一緒で常滑焼《とこなめやき》の工房にお願いしようかな」

「せっかくだから〝四日市萬古〟から入ろうよ。私まだ分水嶺の破片、見たことないんだ」

「冷やかしだと煙たがられるかもしれないよ」

「私あそこの店員さんだったらよく知ってるから大丈夫。毎晩あゆみ温泉に入りにきて、たまに話しかけてきてくれるんだ」

しかし四日市萬古焼の工房に行くと、表には貼り紙がしてあり、破片の展示は終了したと書いてあった。

平井が出入口からそっと覗きこむと、誰かと目が合ったらしく、手招きしながら入っていった。そこには彼女のいう男の店員がいた。たぶん分水嶺の急須を割った店員だ。販売コーナーに客の影はなかった。

「――え？　地元帰っちゃうんですか？　マドくん、萬古焼さん看板下ろすんだって」

「どうしてですか？　人気の工房だったのに」

「先生がお決めになったんだよ。そもそも後継者に関しては、うちは地元で力を入れて人材育成しているからね」

「破片はもうここにはないんですか？　私、見たかったな」

「下品なことはおやめなさいと先生にいわれてね。粉々にして裏の作業場に捨てたよ」

「私たちちょうど作業場に行きたかったところなんで、中を通らせてもらってもいいですか？　新人の子がまだいると思うんですけど」

「いいよ。ついでに先生を探してきてくれない？　お待ちかねの坏土《はいど》がさっき届きましたよって」

「私たちにわかるかな」

「鉄紺《てっこん》の手ぬぐいを頭に巻いてるよ」

茶褐色の焼き物に囲まれた販売コーナーには緑茶の香りが漂っていた。そこを平井と通り抜けて裏の非常口から外に出た。途中に見えたろくろ成形の作業部屋は常夜灯がついているだけで誰もいなかった。

軒下の壁際に大きなポリバケツが二つ並んでいる。たぶん素焼きと本焼成《ほんしょうせい》の間の工程で塗る釉薬《うわぐすり》だ。他の焼き物工房によっては何種類も用意しているところがある。千晶を介してもらった四日市萬古焼の湯呑みは焼締《やきし》められたもので釉薬は使われていなかった。

金属の棒を渡しただけの棚がある。成形したあとに天日で乾燥させるための棚だ。いまはその上になにも並んでいない。どこかに共同で使う屋根付きの大きな乾燥棚があったことをマドはおぼろげに記憶していた。

焼き物工房の裏側はフェンスを取り壊して東西に長くひと続きになっている。さらに南に隣接していた敷地などを作業用に開放していて共同スペースはかなり広い。あゆみ地区には薪《まき》を使ったいわゆる穴窯《あながま》や大窯と呼ばれるものがなく、陶磁器を焼成するためのガスタイプと電気タイプの大きな炉《ろ》がこの作業場にはいくつもある。ここで焼かれたものを「メイド・イン・アユミ」というブランドで売っている工房もある。

前を行く平井がときおりしゃがみこみ、立ち上がってはまた歩きだす。

「ひょっとして、粉々になったっていう分水嶺を探してるの？」

「だって欲しいじゃん」

「割れた時点で分水嶺じゃなくなってたみたいだけど？」

「お守りとしてだよ。たとえ分水嶺の効果がなくても。気持ちの問題」

常滑焼工房をすぎた辺りに少女の影がある。借り物のエプロンを着ているので作業を体験したのだろう。事務所を訪れたときからかなりナイーヴな印象があったが、いまは歯を見せて肩もゆったりさせている。

相手をしているのが四日市萬古焼の職人かもしれない。深みのある紺色の布を頭に巻いており、焼き物を連想させる茶褐色の長袖シャツを着ている。あのシャツは千晶を公民館に迎えにいったときに見たような気がする。

さらにその先には屋根付きの乾燥棚が見える。マドが記憶しているのはもっと大きかったはずなので他の場所にもあるのだろう。アルバイトの里子が職人の指示を受けながら工房から運び出しをしている。

完全にしゃがみこんでしまった平井を置いてマドは二人に歩み寄っていった。

「先生こんにちは」

職人が振り返り、少女がわずかに目を泳がせた。

「あなたは？」

「ボクもあゆみ地区の里子です。若菜といいます。いま先生の工房から中に入らせてもらいました」

「そうでしたか」

「その子を昼からここに預けていたので、様子を見にきました」

「聞くところによると今日が初めてらしいですね」

「まだオリエンテーションみたいな感じです」

「さっきまで美濃焼の先生と三人でゴミ穴を眺めていたところですよ。私たちは土器塚と呼んでいます」

店員が粉々にして捨てたという場所はおそらくそのゴミ穴のことだ。平井がいくら探したところでもう見つからないだろう。

「忘れないうちにお伝えしておきます。坏土が届いたとさっき店員の方から」

「それは朗報です。ではお嬢さんをお返しして、私は失礼させてもらいますよ」

職人は去っていった。手ぬぐいを頭から外し、二度三度払ってから頭に強く巻き直している。

「まだ誰かに用事を言いつけられてるの？」

少女が首を横に振る。

「じゃあ今日はもう帰っていいよ。その格好だとなにか手伝ったみたいだね。乾燥棚に器でも運んだの？」

少女が少し目を見開いて何度もうなずいた。

「出前みたいに肩の上で運ぶんだよね。落として割ったりしなかった？」

少女が眉間を力ませた。

「国見さんにはボクからよくいっておくよ。今晩にでも電話で連絡がいくと思う。さあ、さっきの先生の工房から外に出させてもらおう」

マドが歩きだすと少女は明後日の方向に走りだした。何事かと思えばどこかの工房にエプロンを返しにいって戻ってきた。

この作業場は特別なイベントのとき以外は観光客の目に触れることもない。ナイーヴな少女も裏方の仕事で目が輝くのなら、この工房エリアには他にも〝止まり木〟がいくつかある。

「平井さんも行こう」

「ねえマドくん、これじゃないかな。さっき陳列台にあった急須と色が似てるよね」

平井がレンガ色のつぶてを見せてきた。

「それは見た感じ朱泥《しゅでい》っぽいな。酸化させるとそうなるって聞いた。例の分水嶺は紫《し》泥《でい》急須だったはずだけど？」

「……これだと思うけどな。うん、私これお守りにする」

裏の非常口から中に入ると作業部屋に白い明かりが灯っていた。

四面の一つがガラス張りに改造されていて外から見学できるようになっている。中にも長椅子が置かれているので、入って近くで見てもいいのかもしれない。元々床はコンクリートのタイル張りだったはずだが、いまはフローリングされ、さらに部屋の一画がかさ上げされた二重床になっている。そこに囲炉裏《いろり》のように埋没するかたちでろくろが設置されている。ろくろの周りにはいかにも年季がはいった道具が置かれている。廃材で組んだような頭上の棚が少し危なっかしいように感じる。

職人はビニール袋に入った円柱状の坏土を左右の手に一つずつ持って見くらべている。右手のものを足下のケースに戻し、左手のものを両手で大事そうに持った。なんとなく赤子を抱いているようにも見える。その表情は向こう側にあってわからなかった。

ビニール袋から取り出し、厚い天板を太い四脚が支える作業台の上に落とした。

平井たちが販売コーナーのほうに進みかけて足をとめた。マドは少し考え、思いきって作業部屋に片足だけ踏み入れた。

「先生。ボクは急須が割れる音をこの耳で聞きました。ボクもあの日は朝まで会長さんたちと一緒に行動してたんです」

職人は生まれたての赤子ほどの坏土を両手で上から包み、こちらにチラッと目をやってほんのわずかにうなずいた。

マドは職人の言葉を待った。しかし職人もまた次の言葉を待っているかのようだった。二人の間にしばし沈黙の時が流れ、そして職人の両手が練《ね》りはじめた。

「あゆみ地区で見つかったとびきり強い分水嶺でした。それをあっさり手放されましたね。どうしてですか？　会長さんも驚いていました」

　親指をそろえて練っていく。母指球で前方に伸ばすように押しこみ、全体を手前に起こしてくる。何度か繰り返すと坏土は左右に伸びていく。それを真ん中に折りたたんでまた練っていく。固さを均等にし、全体を締めていく。

　職人がいったん作業台から離れ、二重床の下から白っぽい板のようなものを拾ってきた。それを間にはさんでまた練りはじめた。たぶん石膏板だろう。

　坏土を見つめつつ、横目でこちらを意識している。集中などしていない。土練りの動作くらい体が勝手に覚えているはずだ。おしゃべりしながらでもできるだろう。聞こえているはずなのに、答えようとしない。

　適度に水分が抜けたようでだんだんまとまりが良くなってきた。職人は石膏板を取り除くと坏土をたたんで一から土練りを再開した。

　一緒に見ていた平井が販売コーナーのほうに行ってしまった。

　自然な立ち姿なのに、坏土には強い力が加わっている。手さばきも慣れていて見事なものだ。しかしずっと眺めていたいというものでもない。はっきりいうと退屈だ。

　それなのに見せてくる。

坏土の動きが変わった。練り方を変えたようだ。さっきまで前後だった動きから心もち回転の動きになった。右手で押しこみ、左手で起こしてくる。相変わらず職人は横目でこちらを意識している。

坏土のかたまりを上下反転させた。そしてまた見覚えのある動作で練っていく。永久ループに入りかけたと思ったらまた上下を反転させた。背後から見ていた少女がいつのまにかいなくなっている。

いくらなんでも長い。練れば練るほど良いというものではないはずだ。それなのに職人は動きをとめない。坏土はわずかずつ右へ回転していく。土練りの方法を教わりたいわけではないのに、見せてくる。

マドはハッとして、作業部屋に入れていた片足を戻した。

「……ありがとうございました」

そしてその場をあとにした。

職人は、坏土を練りつづけることですでに質問に答えていたのだろう。

「工作教室のご案内です。よろしければチラシをどうぞ」

右手でとって立ち去った婦人が数歩先で足をとめて振り返った。

「あの伝統の技を集めた町？　三億円が壊れたところよね」

「はい。秋の工作教室が始まります。伝統工芸士から、じきじきに手ほどきを受けられますよ」

「それって貴重じゃない。もう一枚いただいていくわ。知りあいに興味があるっていう人がいるから」

「ありがとうございます」

工作教室は四九ある工房のうちの一四の工房で開かれる。全体で生徒が六、七〇人集まれば成功だ。工房の職人たちも儲けは度外視している。生徒のなかから後継者が誕生すれば大成功で、あまり表だって口にはしないが、これが縁《えん》で彼らの地元にお嫁さんがきてくれたらいいと考えているようだ。

「ちょっとお兄さん、道をたずねてもいいかね」

初老の男が声をかけてきた。ひどくよれよれのスーツを着ている。クリーニングに出せば少しはシャキッとしそうなものなのに。

「どうぞ。ボクにわかるといいですが」

「此先駅なんだけど、ここからだとどっちに行けばいいだろう」

「方角はほぼ東です。ただし歩くと三〇分以上かかりますよ？」

「バスだったらどれに乗ったらいいのかな」

「6番系統です。目の前のバス停ですよ」

「保存技術研究所って知ってるかい？」

「それでしたら此先駅から歩いてすぐです。ひょっとしたら研究所前にバス停が新しくできているかもしれません。いちおうバスの運転手に確認してみてください」

「ありがとう」

昨日の朝も事務所の前で同じ場所をたずねられた。保存技術研究所といえば建設途中で、最近になっていくつかある棟の一部が完成した施設だ。全部が完成するのは年明けだと聞いている。

そこでは文化財の修復技術を後世に保存するための研究がおこなわれるらしい。伝統工芸を守ろうとする試みとは少し性格が違う。だからこの施設は経済産業省ではなく文部科学省の管轄になっている。

このようにあゆみ地区の周辺には物作り文化に関係した施設が建てられる傾向にあ

る。おまけに伝統工芸のなかにはユネスコから無形文化遺産に指定されているものもあり、日本の政府機関と国連の文化機関がからんで複雑になろうとしている。此先駅から工房エリアの間は一〇年も経てば町並みが様変わりしているだろう。

「マドくんお疲れ。次の組の子がきてくれたから交替だよ」

「平井さんもお疲れ。ひょっとして、ちょっと日に焼けた？」

「ヤだー。せっかく夏を日陰で乗り切れたと思ってたのに」

「天気が良かったからね。これなら予備日は必要なさそうだ」

「マドくんは何枚くらいさばけた？」

「四〇枚くらいかな」

「すごいじゃん！　私なんて二〇枚ちょっと。やっぱり私、知らない人に声をかけるの苦手だな。ティッシュとか団扇《うちわ》だったら差しだしただけで受けとってくれるけど」

「差しだしただけで受けとってくれる人もいるよ」

「え？　どこにいるの？」

「例えば……、通りの向かいにスポーツセンターが見えてるだろ？　テニスとかプールとか。あそこから出てきた有閑《ゆうかん》マダムっぽい人が狙《ねら》い目。暇を持て余してるから」

「なにそのなんとかマダムって、聞いたことないよ。おかしいんだ」

白い歯をこぼした大きな口を隠そうともしない。ラケットを素振りする真似が様《さま》になっていないものだからマドもつい吹きだしそうになった。

「俗にいうセレブだよ」

「そっか。でも工房の人たち、セレブがきても喜ばないんじゃないかな。元セレブの職人が誕生したらドラマかもだけど」

「ボクはマダムやふつうの主婦の口コミ力に期待しているんだよ」

交替でやってきた二人にチラシを預け、マドは平井と駅前をあとにした。

「今日が終わったら、いっぺんチラシを修正したほうがいいんじゃない？　和紙作りの教室、もう定員いっぱいだし」

「え、そうなの？　なんで知ってるの？」

「だってさっき工房の人がわざわざ伝えにきてくれたじゃん。自販機でジュースおごってくれたよ」

「ボクのとこにはこなかった。幹事なのに影が薄いのかな」

「あと、寄せ木細工の教室も締め切りだって」

「あそこは工房がせまくて定員がたったの二人だもんね」

　一陣の風が吹き抜けていった。マドはふと足をとめ、そしてすぐにまた歩きだした。シャツの中にまで入ってきたそれは、秋の到来を強く感じさせるものだった。

「私、明日もあるから、絶対に四〇枚配るんだ。がんばるぞー！」

　人目もはばからずに力強く右腕を突き上げている。あゆみ地区の里子は大勢でいるときはひかえめだが、こうして二人きりになると大胆な一面を見せることがある。

「どこかひいきの工房があるの？」

「それは竹細工さん。バイトでよく指名してくれたもん。もちろん一番お世話になったのは銭湯のあゆみ温泉だけどね」

「みんな誰かに恩があるから、こんなときにがんばれるんだよね」

「今回はマドくんに任せるんじゃなくって、私が幹事をやれば良かった。マドくんチラシに心をこめたいっていったよね。あのときじつは胸がズキンと痛くなったんだ。美琴ちゃんチラシけっこう配ってたよ。見てて別人みたいだった。美琴ちゃんて冷めたところがある子だけど、たぶんマドくんに心が動いたんだよ。それによく考えたら、私来年の春の教室のときにはいないんだよね。一二月で二十歳《はたち》だから、ついに満期だ……。あゆみ地区とさよならしなくちゃ」

「…………」

「マドくんていま一八だっけ」

「三日前に一九になったところ」

「それはおめでとう。でもあと一年あるじゃん」

マドは目を細めてうなずいた。一瞬口を開きかけて、その言葉を胸にしまいこんだ。今回チラシ配りを中心になってしたのは平井と同じ理由だ。

「私、もとの町に帰ってうまくやれるのかなあ。私、ここにきてレベルアップしたのかなあ。経験値とヒットポイント、いくつ増えたのかなあ。大人になる準備、なんにもできてない気がする」

平井はうつむき、目元を指でなぞると顔を空に向けた。そこにはまだきれいな群れを成さない羊雲が広がっていた。

変わりやすいといわれる秋の空よりも心模様は移ろいやすい。あゆみ地区にいる里子たちに共通したことだ。常に心の中に不安をかかえている。だから夏の空のようには高く明るく気分が突き抜けることがない。

「レベルアップしてなくても、いいんじゃないかな」

「そうなの？　なんで？」

平井が素早く前に立ちふさがって顔を覗きこんできた。

「だってあゆみ地区で将来のことを考えなさいっていわれたくらいで、特別な訓練なんて受けさせられてないじゃん。時間の分だけ地元の子たちのほうが成長していて、むしろ差は広がってるよ」

「そんなの帰るの恐くなるじゃん」

「でもボクたちはあゆみ地区でお母さんや、お父さん、それにたくさんの大人たちから親切にしてもらった。味方ができたと思うだけで、なんか心強いじゃん。がんばれるじゃん。チラシを配るのだって、がんばろうっていう気持ちになれたじゃん。あゆみ地区の人たちの顔を思い浮かべて、なんでもかんでも元気や勇気の源にしたらいいんじゃないかな。そういう応援をもらいにきたんだよ、ボクたちはここに」

「そうだったんだあ……。うんうん、マドくんのいうとおりかも。だんだんそんな気がしてきた。成長じゃないけど、昔いなかった味方だったら、いまの私にはいる。これって大違いだ。なんで気づかなかったんだろう。私恐かったから、偽物でもいいから分水嶺の欠片が欲しかったんだ。でも私には味方がいるんだから、もう要らないか」

平井の目に輝きが戻った。

「それ、二十歳が近づいた子たちみんなに教えてあげたらいいよ。私まだここにいたいけど、地元に帰るの、少しだけ楽しみになってきた」

平井が両腕を上げて大きく背伸びをした。足の運びは軽《かろ》やかになり、いまにもスキップを始めそうだ。マドはそのいきいきとした黒い影をとぼとぼと追いかけなくてはならなかった。

自分の心に平井の雲がそっくり移ってきてしまった。マドは廃工場で見たサクラのことを思いだしていた。あの日からなにかに集中していないと、すぐにこの悩みに頭が支配されてしまうようになってしまった。

「美琴ちゃんがさあ、送別会を開いてくれるって。私はいいよって断ったんだけどね。だってそんなことしたら毎月誰かの送別会になっちゃうじゃん。それに送別会って、どっちかっていうと寂しいじゃん。じゃあバランスをとって歓迎会もする？　そんなことしてたら、おまえたちって宴会《えんかい》をするためにここにきたのかって怒られそう」

マドは伏し目がちになっていた顔をがんばって平井の明るい横顔に向けた。

「美琴ちゃんから話がいくかもしれないけど、暇だったらきてよね」

「う、うん」

「じゃあ、今日私こっちだから。ママさんに買い物を頼まれてるんだ。マドくんはこのまま帰るの？」

「ボクはこれからクリーニングのバイト」

「そっか、がんばってね。明日四〇枚、絶対配るからね。〝なんとかマダム〟、見つけてみせる」

「ハハハ……。チラシ、明日までに直しとくよ」

「一人でたいへんだったら連絡して。手伝うから。それじゃね」

軽やかな足どりでケヤキの並木道へと去っていく。マドは立ち止まったまま、目陰《まかげ》をさして西日をさえぎりながら見送った。

平井が角を折れようとして振り返る。口から白い歯がこぼれている。わざわざ手を振ってきたので、マドもつま先立ちになって手を振った。

　千晶はサクラが作った食事を男の料理という。確かに具の切り方が大ざっぱだし、その具が闇鍋のように場違いなものに入っていることがある。さらに味付けが濃厚だ。

　サクラの料理で意外にヒットしたのが、ある朝思いつきで作ったキムチ入りの味噌汁で、千晶も感心してこの点ではサクラの発想に一目置いている。いままでは食卓の真ん中にキムチを置いておくと、三人ともご飯にはつけずに味噌汁に入れてゆく。そしてひと夏を経《へ》ていまでは広海まで。

　朝食に全員が顔をそろえるのは、ここ国見家が平和な状態であることを表している。とはいえそれはいつでもサクラ次第であり、彼女が家の中でトラブルを起こさずにいるかどうかで決まる。

　大金を持っていた一件は、サクラにとってはすでに水に流された過去の出来事なのだろう。いまは隣に座って平然と朝食を口にしている。しかしマドは廃工場での一件もあって穏やかな気持ちでいられるはずもなかった。

「その客ったら、こういう季節になると必ずウィンドブレーカーを着て店にくるの。春先もよくおぼえてるわ。それがウチのユニホームと似てるのよ。あれってわざとじゃないかしら。昨日なんか店員と間違われて、客からキャンプ用品の棚をたずねられていたわ。そしたらかしこまって無難に案内してたの。あきれた」

「なりすまして悪いことをしなけりゃいいけどね」

サクラは返事をしなくても勝手に一人でしゃべり続けるのでにぎやかな食卓にはなる。千晶がいてサクラがいて、いままで三人で黙々と食べたという記憶が一度もない。

「今日から私、店頭販売に任命されているの。ヘンなサンバイザーかぶって首からメガホン下げなきゃいけないのよ？　恥ずかしいったらないわ。超ブルー。私を辞めさせたいのかもね。売れるわきゃないのよ、この時季にクーラーボックスなんて。夏の売れ残りに決まってるわ。絶対に発注ミスよ。試しにウィンドブレーカーの客にやらせてみようかしら。売りさばいたら傑作よね」

サクラの表情がめまぐるしく変わっているのが横目で感じられる。ほんの一〇分くらいの朝食でサクラは喜怒哀楽をひととおり示してゆく。その情動は秋の空よりも山の天気よりも変化が激しい。

「サクラ、年明けに保技研のこけら落としがあるんだけど、あんたセレモニーのテープカットしにいくかい。くす玉割りだったかね」

「なによそれ。一日コンパニオンのバイト？　イヤよ。どうせ真冬にミニスカはかされるんでしょ？」

「新年だから振り袖かもしれないよ」

「振り袖なんて私にとっては全身ギプスだわ」

「あんた成人式に出てないんだろう。晴れ着に縁がないんだったらあたしが買ってあげてもいいよ」

「……気持ちだけもらっとくわ。ごちそうさま。仕事行ってくる」

シンクくらいまで運べばいいものを、サクラが隣からいそいそと食器を重ねてきた。マドはあわてて味噌汁の最後の一口を飲み干した。まだ時間にはゆとりがあるはずなのに、彼女はカバンとヘルメットを持ってさっさと勝手口を出ていってしまった。

「広海はいつまでいるんだい」

「ボクは夏休みギリギリまでお世話になります。この事務所の作画ソフト、大学のよりも使いやすいんだ」

「余計な機能がついてなくていいだろう。昔ウチの若い社員が作ったんだ」

「デザイン関係の学校に売りこんだらきっと買うところあるよ」

グラフィック化させた模型を広海に見せてもらった。卒業作品の設計図にあたるものらしい。「樹《き》の芽神《めがみ》」という作品名で、木を擬人化させた像だという。女神とかけており、天を仰いで祈りを捧げている構図と、逆に大地を見下ろして生命の息吹をあたえている構図の二つの候補がある。表面の仕上げに漆《うるし》を使うことは決まっているが、彫刻する素材の木を丸太からとるのか寄せ木にするのかは決めかねているようだ。

チラシ配りのメンバーから昼休みに電話で連絡を受けた。日程では今日までだが、配りきるのが難しくなってきたというので手伝いにいくと約束した。しかし午後からは四国フェスタの本部設営を手伝わなくてはならず、それが終わってからクレイン1を連れて一番遠い駅に自転車で向かった。

途中で二つの駅に寄ってみたが、どちらも二人組の姿は見当たらなかった。チラシをさばき終えて帰ったのかもしれない。おおよそそんなところかと思っていたら目的の駅前に六人がそろっていた。全員の手にチラシがあるように見える。マドはその様子を横断歩道の信号を待ちながら眺めた。

ジロジロとした目つきで人を選んでいて若干怪しい連中だ。マドはいままで知らなかったが、彼らは人に近づこうとするときにいちいち体を反らして勢いをつけている。

なにか不都合が生じたのか途中でクルリとターンをして戻ったりすることがある。チラシの説明をしているときにほとんど相手を見ていない。しかし必死な気持ちは伝わってくる。

　マドは信号が青に変わっても渡らなかった。

　別れ際に頭を下げている。手応えがあったのか小さくガッツポーズをとっている。手持ちのチラシがなくなったらしく、メンバーから分けてもらっている。気の良さそうな男性に二方向から近づいてブッキングしている。背中をドンと押されてきれいな女性に近づいていく。声をかけられずにすれ違い、その先の有閑マダムっぽい婦人にチラシを差しだした。立ち去ろうとしたら逆に腕をつかまれて説明を求められている。

　それが最後の一枚になったようだ。誰からともなく歓声を上げている。六人が集まって握手をしたりハイタッチをしている。みんな口を開けているのになぜか背中が丸まって肩が落ちているのが印象的だ。

　それでもいい締めくくりになったと思う。マドは自転車を押して横断歩道脇の立て看板の陰に隠れた。来年の春はあの六人から中心になる子がでるに違いない。チラシ配りは続いていくだろう。今回は五日と半日で千六百枚を配ったことになる。目標が達成されて春よりも百枚以上多い。マドは大きく息を吸いこみ、やや空を見上げて一気に吐きだした。

　六人が固まって駅舎のほうにぞろぞろと歩いていく。向こうは電車でこっちは自転車。あゆみ地区に着くのはいい勝負になるだろう。

「じゃあツルちゃん、ボクらも帰ろう」

　マドはペダルを踏みかけて立て看板に目をとめた。そこにはサクラが働いているホームセンターと同じロゴがあった。チェーン店がこの近くにもあるらしい。

「サクラさんが働いてる店、ここからだとどう行けばいいんだろう。ツルちゃんわかる?」

《八〇m戻って横断歩道を東北東に渡る》

「え?　ツルちゃん、カーナビ機能もついてるの?」

《地図を見ておぼえた》

「本当かなあ。まあいいや。それじゃあ連れてってみせてよ。ツルちゃんのいうとおりに走るからさ」

　チラシの配布場所を決めるために部屋で町の地図を広げたことがある。確かにそのときにクレイン1が横で一緒に地図を見ていた。しかしサクラが働いているホームセンターを教えたおぼえはないし、マドでさえあの郵便局とコンビニエンスストアの辺りから先は正確な道順を知らない。まさか千晶や広海との会話を聞いていて、その内容から複合的に導きだしたのだろうか。そうだとしたら驚くべき能力だ。

マドはひとまずクレイン1のいう横断歩道まで戻った。確かに八〇mくらいあったような気がする。

「何分くらいで着くかな」

《時速一五㎞で走行して一〇分から二六分》

「ずいぶん幅があるんだな。どうして？」

《すべて青信号、すべて赤信号の可能性あり》

「なるほど。それでこの横断歩道を渡ったら、あのせまい入口の道をまっすぐ行ったらいいの？」

《三三〇m直進。右折後一二五m直進》

「曲がり角にきたら教えてね」

マドはＣＣＤカメラの角度を微調整して前方の風景をしっかりと見せた。

片側半分を歩道に乗り上げた軽ワゴン車がさっそく進路をじゃましている。クリーニング店の名前が入っているが、黄と緑のツートンカラーはふだん見たことがない。等間隔で並ぶ電灯のデザインはどことなくレトロ調で、あゆみ地区のメインストリートに並べたほうがしっくりくるような印象だ。お茶屋でもあったのか、ほうじ茶の強い香りの中をいま走り抜けた。

駅にして三つしか離れていないのにまるで雰囲気の違う場所だ。もうすぐあゆみ地区ともお別れだというのに、一年半も住んでいて周りの町のことをほとんど知らない。そう思うと平井には格好いいことをいいすぎてしまった。

「そろそろ右じゃないかな」

《直進。残り八五m》

「……ということは二つ先のあの交差点だな」

視線を注いだ交差点にブレザーを着た生徒の集団が現れた。年下の、自分と同じ高校生。近くに学校があるのだろう。マドは自転車を右折させると伏し目がちに生徒たちの横を走り抜けた。

「あっ、少し広い道に出たぞ。これでトータル四五〇mくらい走ったな。ここを左に曲がればいいの？」

《左折後八〇五m直進》

「了解。だんだん地図と自分の位置がわかってきたぞ。あと三分くらい走ったら川に突き当たって、今度はその川を上流に進めばいいんだな？」

《そのとおり》

「ツルちゃん賢いよ。疑ったりしてゴメン」

しばらく走ると道の両側に大きな建物が目立ちはじめた。川が近いためかちょっとした工場地帯になっている。精密機械の工場に、ペットフードの工場。金属加工の文字があって、ガラス工場と隣りあっている。此先ファクトリーズが閉鎖されたあとに建ったのか、いずれも外壁が新しく、防音されているのかむしろ静まりかえっている。ごはんのふりかけのような強い香りだけが漏れて漂っていた。

《赤》

（おっと信号か）

マドは急ブレーキをかけて自転車をとめた。

廃工場に隠された分水嶺は、あれからどうなったのだろう。あの重いカーペットが巻き上げられ、床下から回収されたのだろうか。サクラも再び仲間と廃工場の敷地に忍びこんだのだろうか。

前方に川の堤防をむかえて上り坂になった。マドはサドルから腰を上げるとペダルに体重をかけて踏みこんだ。そして橋の手前まで一気に上りつめた。

《右折後七七五ｍ直進》

川を左手に見ながら自転車を走らせる。上流に向かっているためか目には見えない勾配《こうばい》がある。向こう岸に立ち並んでいるのはソメイヨシノで、春に行事で誘われた花見はきっとこの川沿いのどこかだ。千晶と二人、風邪気味だったので行かなかった。あの頃は、一年後の春もひょっとしたらまだあゆみ地区にいるかもしれないと思っていた。

結果的に母の刑期が短くなったのでその可能性はなくなった。弁護士は父のほうも短くなるだろうと予想している。

父もけっして性根の曲がった人ではない。まじめだから高い塀の向こう側で模範的に務めを果たしているだろう。あやまちを犯したその一点で良い父だと声を大にしていえなくなったのが残念だ。

父は欲のない人だと母がいったのはあの分水嶺の場所だ。その人柄もあやまちの前では矛盾してしまう。しかし母が双子の名前を考えていたとき、こどもたちに期待を背負わせてはかわいそうだと、ささやかな名前を望んだのは父だという。そこに父の人柄がよく表れていたと母はいっていた。

《左折。川を渡る》

うっかり行きすぎてしまった。マドは自転車をUターンさせて橋を渡った。渡りきると遠くにホームセンターの看板が見えた。堤防から坂を下り、住宅地の中を風を切って走る。もうクレイン1の道案内がなくても大丈夫だ。

ホームセンターの駐車場のフェンスに等間隔で幟《のぼり》が立っている。カー用品セールと家内リフォームと新米入荷の繰り返しだ。

店の表に回ると細長い敷地に幌《ほろ》付きのワゴンがずらりと並んでいた。ポップ広告を見るかぎりいずれもセール品のようだ。一つのワゴンに二、三人が覗きこんだり手を伸ばしたりしている。その外れには園芸コーナーが設けられており、そこでも数人の客が腰をかがめて品定めをしている。

店員は蛍光グリーンのウィンドブレーカーを着ている。一人だけ蛍光オレンジのウインドブレーカーを着ている店員もいるがチーフだろうか。小型の拡声器を持っている。

店頭販売を任されたといっていたサクラの姿がない。そもそもどのワゴンにもクーラーボックスが積み上げられている様子はない。ひょっとすると完売したのだろうか。サクラの朝の話しぶりからするとそれはなさそうに思えるのだが。

まさか全部が作り話だったのだろうか。それどころかホームセンターで働いていること自体が嘘の可能性もでてきた。

「いちおう店の中を探してみようかな。ツルちゃん、いったんカメラを外すね。怪しまれるから」

《サクラを発見》

「え、どこどこ?」

《店舗西側の壁面》

クレイン1のいうほうに目をやると、壁と平行して置かれた長机の向こうに立つサクラと思しき姿が見えた。彼女と壁との間には肩の高さまで赤と青の二色のクーラーボックスが積まれていた。

西日がまぶしいためか、あるいは顔を見られたくないためか、サクラは二本のツノのようなものが生えたサンバイザーを目深《まぶか》にかぶっている。あれはウサギの耳だろうか。確かに朝彼女が話していたようにヘンなサンバイザーだ。

長机の上にはなぜか枯《か》れススキが花瓶に生《い》けられている。ウサギとススキで月見がテーマのつもりだろうか。クーラーボックスと関係があるようには思えない。駐車場との間を行き来する客はいるが目を向けるだけで誰も足をとめない。

あれではさらし者ではないか。いやがらせやイジメを受けているようにしか見えない。一文字に結ばれた口に屈辱がにじみ出ている。サクラもいっていたように店は彼女を辞めさせたいのかもしれない。

おまけにここは風の通り道。空のレジ袋が地面すれすれを舞っていった。花瓶のススキがなびいている。ウサギの耳までなびいている。短いスカートはなびかない。蛍光グリーンのウィンドブレーカーだけがサクラの味方だ。

この光景が千晶には朝の時点で見えていたのかもしれない。だから条件のいいアルバイトの話や振り袖の話をもちかけたのだろう。

マドはくちびるを噛んだ。足が前に出ない。いまのサクラに声をかける勇気はお釣りがくるほどもっている。しかしどうしても足が前に出ない。それは仮にも今日まで一緒に暮らしてきたから。いまあの場所に立つサクラは、温かい言葉の投げかけをもっとも嫌うことをマドは知っているつもりだった。

一歩二歩とあとじさりして、サクラに背中を向けた。ホームセンターを離れ、郵便局までクレイン1に案内してもらった。しかしその道順はほとんど頭に入らなかった。

コンビニエンスストアの公衆電話から事務所の千晶にかけた。

「あ、お母さん。ボクです」

〈マドかい。どうした。いまどこだい〉

「郵便局の近くの、コンビニからです」

〈郵便局？　なんでだい。遠くまでチラシを配りに行ったんじゃないのかい〉

「はい……、その……」

〈で、なんだい〉

「晩ご飯、ビーフコロッケにしてくれませんか？　材料買って帰りますから。手伝いますから」

〈…………初めからそうするつもりだったよ〉

ってしまうほどに。

「ありがとうございます。ではこれから」

サクラは千晶が作ったビーフコロッケが好きだ。余ったら勝手に二階に持って上がってしまうほどに。

コンビニエンスストアからは自転車を押した。傘をさしてサクラと並んで歩いた夜を回想しながら。

フルーツヨーグルト三つと三つ切りのカステラは三日かけて食べた。ヨーグルトにカステラをダンクするのも案外悪くはなかった。あれから黄色の短パンで外に出るのはやめた。事務所で貸したビニール傘はまだ返ってきていない。

マドは足をとめた。通行人が行きすぎるのを待ち、人の気配がなくなってから辺りを見回してみる。サクラに何度も背中をたたかれた場所だ。

なんだか鼻がむずがゆい。

リュックサックのベルトを肩にかけ直し、再び自転車を押しはじめる。

寂《さび》れた商店街で細々と商売をしてきたマドの父と母のあやまちがサクラには理解できるという。サクラの父親は包丁などを作る打刃物《うちはもの》職人。彼女は地道に生きる人間をその目で見てきている。ダンキストとは対照的な存在といえるだろう。サクラは父親と反《そ》りが合わない。千晶との関係以上に激しく衝突していたという。

そしてあの場所に近づくにつれて足がだんだん重たくなっていった。左横から夕日が強烈に射してくる。とげとげしい言葉を浴びせられているかのようで痛い。民家の窓には白っぽいカーテンが引かれている。夕げの団らんを前にしたその印象はむしろ暗くて冷たい。

「ツルちゃんに答えられるかな。――心って、なんだと思う?」

サクラと同じ質問をクレイン1にぶつけてみた。

あのときはあまりにもとうとつだった。だからつい冗談で返してしまった。しかしサクラにとっては最近の出来事となにか関係があったのだろう。その出来事とあのときのムードをうまくつなげられないあたりは彼女の不器用なところだ。そして自分は真剣な話にもつきあえない男だと思われたに違いない。

《…………》

いつまで経ってもクレイン1から返答がない。

《私は心をもっていない》

ようやく返ってきたが、つまりわからないという意味だ。心をもっていない者に心がわかるはずがなかった。

《チーフは心をもっていた》

「え？　チーフだって!?」

マドはヘッドセットを急いで調整してマイクを口の前に動かした。

「チーフって、もしかして千鶴のこと？」

《そのとおり》

クレイン1が初めて千鶴の存在について語った。今日までその部分だけはかたくなに拒否していたのに。暗号化されている記憶コードが開かれたのだろうか。

「千鶴はいまもツルちゃんの工場にいるの？」

《…………》

返答がない。おそらく本当に知らないのだろう。しらをきっているのなら「答えない」と答えるはずだ。

マドはサドルにまたがると民家の前からペダルをこぎだした。

千鶴が心をもっていたとは驚かされる。それが人間の心のことなのかはわからないが、千鶴とクレイン1の間には人間とロボットほどの差があったのだろう。心をもったロボットなど聞いたことがないが、世界で初めて分水嶺の存在を発見した千鶴ならばひょっとするのかもしれない。
《五m戻って東に直進》
「ああ、いいんだよ。これからジャガイモとミンチを買って帰るんだから」

二日間の店頭販売をやりとげたサクラは、今日は仕事を休んだ。風邪だといっているが本当かどうかは怪しいものだ。確かに冷たい秋風に吹かれつづけていては、ウィンドブレーカーを着ていても体調をくずすだろうが。

部屋から出てこない。食欲はあるようで、注文を一階の電話にかけてくる。そこでマドが出前の真似をしなくてはならなかった。扉の前に置いておくと朝も昼もしばらくすると平《たい》らげられた皿が出されていた。

マドも千晶も体のことはそれほど心配していない。心配しているのは心のほうで、いままでいくつも仕事を変えてきたサクラのことだから、また辞めてしまいそうな気がしている。

千晶のもとには人づてに廃工場の竣工図《しゅんこうず》が届いていた。竣工図とは設計図とは違って完成した工場をもとに描かれている。だから部屋が建築段階で付け足された場合でも必ず記載されている。

広海もその図面をチェックしたところ、すべての場所を調べつくしていたことがあらためてわかった。さらに廃工場には地下室がないことも確かめられた。床下にあったあの空間はどこにも通じておらず、配管はスプリンクラーに供給する消火用水だった。

千晶もあきらめがついたらしく、暗号化されたデータコードの解析をやめてしまった。ずっとつけっぱなしにしていたサーバも電源を落とした。これで生活リズムが元に戻るのはいいが、どこか千晶自身の〝電源〟も落ちてしまったような印象がある。食卓の上の小型ラジオに両手を添えてぼんやりと聞いていることが多い。

いまは気が抜けてしまった状態のようだ。職人気質とも少し関係があるのかもしれない。千晶の場合はなにか打ちこむものがないと、健康的な生活をしていてもふぬけていってしまうタイプなのだろう。

「お母さん」

マドは食卓の椅子を引いた。

「……え？　なんだい。誰か訪ねてきたかい」

「いえ、表のシャッターならとっくに下ろしましたよ」

「……そうだったね。じゃあサクラがまたなにか電話してきたのかい」

「そうじゃありません。ツルちゃんの話です」

マドは椅子に腰を下ろした。

「クレイン1がどうしたって？」

「ツルちゃんがいったんですけど、千鶴には心があったそうです」

「ほお」

千晶は小型ラジオのスイッチを切ると食卓の中央に置いた。

「クレイン1が千鶴について言及したとはね。このままマドに預けておけばもっとわかってくるのかもしれない」

食卓の上で揉《も》み手をしながら目を大きく開いた。

「それはそうとして、ちょっとうれしいことをいってくれたもんだね。千鶴には心があっただって？　クレイン1が本当に理解しているのかは怪しいけど」

「ツルちゃんには心がないそうです」

「試作機と量産機の性能の違いがわかってるってことだね」

マドはチラッと天井を見てから再び千晶に目を向けた。

「心ってなんですか？」

「――心とは、思考に浮き沈みの波をあたえるものだよ。心と〝アイデア〟は強い関連性をもっている」

千晶が隣の椅子から新聞広告をとって食卓の上で白紙の面を表にした。そしてそこに左から右へとゆるやかな波線を描き、上下から水平線ではさんだ。

「ふつうの状態では平凡なアイデアしか出ない。波はこの上と下からはさまれた平凡の域を出ないんだ」

千晶が水平線の間にあらためて波線を描き、途中でとめた。

「ここで心の状態が変化すると、思考の波が大きくなる」

波線が大きく立ち上がり、水平線を突き抜けた。

「心が乱れたり、気分がノってるときなんかにはね。こうやってふだんでは思いつかないようなアイデアが出たりするんだ」

　マドは首を少し傾けながらうなずいた。これはいかにも技術者が説明する心であり、サクラが求めていた答えではない。

「マドたちはクレイン1に車輪をつけたね」

「はい」

「ボディが変更されたら〝もがく〟ようにプログラムしてあるってあたしはいったよね」

「はい」

「だけどどういう順序でもがくのかまではプログラムされていないし、決まっていない。もがく順序は乱数に従うんだよ。ランダムにもがくといったほうがわかりやすいかね」

「こんな感じですか？」

　マドはあちこちでたらめな方向に左右の拳を突きだした。

「まあそんなところだ」

　千晶が白紙の面になにかを一列に走り書きしている。マドが食卓に身を乗りだしてみるとそれは「0」と「1」だけの数字だった。

「クレイン1のメモリのほんの一部には、もがくための乱数が大量に記録してあるんだ。八百万桁《けた》くらい『0』か『1』が不規則に記録されている、言い換えれば『表』か『裏』だ」

「八百万もですか？」

「八百万桁といったら八百万ビットのことだ。八百万ビットといったら一メガバイトのことだ。最近のスマホで写真を一枚撮ったらそれだけで二、三メガバイトの容量だろ。それにくらべたら使うメモリはちょっとだ」

「でも目がくらくらするほど『0』か『1』が記録されているんですね」

「とびきり分厚い本を想像してごらん。一ページに一つ、『0』か『1』が書かれている。それが八百万ページあるんだ。ロボットはもがくときにだいたい八ページずつ読んでいく。一日だけでもたくさんもがくから、二、三週間もあれば八百万ページくらい読み切ってしまう。読み切ったらまた最初に戻って読みなおすんだ」

「なにに使ってるんでしょう」

「AIが考え事にいちいち使っているんだよ」

千晶が四角形で簡単なロボットの絵を描いた。そして一列に走り書きした「0」と

「1」の数字を大きく丸で囲んで矢印でロボットに結んだ。

「この八百万桁の乱数はあらかじめあたしたち技術者がメモリに記録したものだ。この乱数に従って、クレイン1は体をもがかせるし、思考ももがかせるんだ。いろいろなことを試してみる、いわゆる試行錯誤というやつだね。クレイン1がいままでに経験したことのない問題に直面したときに、こうして体と頭をもがかせて解決の糸口をつかませるんだよ。あたしたちは人の心を乱数というかたちでロボットにあたえようとしたんだ」

「その結果、千鶴には心があるのに、ツルちゃんにはないというのはどうしてですか？」

「クレイン1にはあらかじめ心の波がメモリに記録されている。バラバラの乱数とはいっても、もがくためのよりどころが初めからあたえられている。だけど千鶴には、心の波が記録されていないんだ」

「だったら逆じゃないですか。ツルちゃんには心があって、千鶴にはない」

「クレイン1の乱数は心とはいえないよ。限りがあるし、一ページ目に戻って再読するから同じパターンになることもある。それにくらべて千鶴の乱数は無限なんだ。なにしろ千鶴の中で心の波を次々と発生させていたんだから」

「どういうことですか？」

「千鶴の体には、乱数発生装置を内蔵させていたんだよ。より人の心に近づけようと思ってね。いってみれば乱数発生装置がロボットにとっての心だ」

古書の間にはさまれた新札が出てくるような不思議な話だ。世間の人々が知っている乱数発生装置はあくまでも〝お宝探知機〟としてであり、分水嶺やゴールドラッシュとセットになっている最近の道具だ。その〝お宝探知機〟が分水嶺が発見される以前から千鶴の体に組みこまれていたとは。

「でもお母さん、ちょっと待ってください。千鶴が乱数発生装置を体の中に持っていたってことは、もし千鶴の近くに分水嶺があったら乱れませんか？　心が『表』か『裏』にかたよっちゃう」

「そうなんだよ、マド――」

千晶は小型ラジオを手にとるとスイッチを入れた。ポップミュージックが流れたが、千晶がチューナーのダイヤルをいじってノイズに変えた。しばらくノイズを流し、スイッチを切った。

「——七年前、あの工場にもしも分水嶺があったとしたら、しかもとびきり強力な分水嶺があったとしたら、千鶴の心は乱れていたはずだ。あたしゃ実際にあったんだと思うよ。千鶴は心の乱れの原因を突きとめるなかで、分水嶺という存在と現象を発見したのかもしれないね」

「心の乱れって、自分でわかるものでしょうか。人間でも自覚するのは難しいと思いますけど」

「自己診断機能をもってるから、ログに残ったもがきのパターンを分析すれば気づいても不思議じゃない。ただし心の乱れとロボット戦争は、あたしのなかでうまくつながっていない」

「千鶴はまた戦争を起こすために、工場の外に隠れているんでしょうか」

「とっくにバッテリーがなくなってるから、それはないね。近くの森の中で倒れて、埋《う》まってるのかもしれない」

それなら廃工場が解体されてもいつの日か千鶴が発見される希望は残る。しかしそれはもうマドの関わることのない未来だ。

「——お母さん。ボクはあとひと月もしないうちに、実家に帰ります。たぶん親戚の叔父と、母を迎えにいくことになると思います」

「……そうかい」

千晶が急須のふたをとって番茶の葉を入れた。ポットに手を伸ばそうとするのでマドがとってやった。

「ボクが学校に戻るにしても来年の春からですけど、母と店を開ける準備もしなくちゃいけませんし」

「親御さんの力になりなさい」

「ボクは本当は帰りたくありません。あゆみ地区が好きです。この町は歩くことを許してくれます。その日その日を振り返ると、進んだ距離はけっして長くないけど、くっきりとした自分の足跡が続いているような気がするんです。でも地元に戻ればそれはできなくなると思います」

「チラシ作りにも、ずいぶん手間ひまをかけていたね」

「学校はまだマシだと思います。でも会社に入ったら、結果を求められます。スピードが求められ、効率とかコストが求められます。ボクはその場その場を乗り切るために、手っ取り早い方法をとってしまうでしょう。遠くのほうに見える昨日から、飛び飛びの足跡が続くんだと思います」

「マドはそんなに濃密な人生にしたいのかい」

「ボクは……、妹の分まで生きていますから。会ったこともない妹ですけど」

「マドか妹さんか、五分五分だったんじゃないかと思ってるんだってね。マドがあの世に行っていた可能性もあった」

「はい」

千晶がマグカップを見せてきた。緑茶に茶柱が立っている。

「人は運命を感じたとき、その先の人生を特別なものにしようとするものだ。だけど二人分を生きようとするあまり、一人分さえ生きられなくなるってこともある。あくまでも、がんばる力の源にするといいよ」

「はい、おぼえておきます。お母さんにお世話になった恩も、ボクの力の源になります」

「そうかい。それは少し安心した。マドは大丈夫だ。――それで、ここの伝統工芸のなかに、打ちこんでみようと思えるものはなかったのかい」

「……そうですね。ボクは心に火がつくのが遅いほうなので、実家に帰ってから情熱が湧《わ》くこともあるかもしれません。けれど将来は、できれば物作りの職人になりたいと思っています。手作りの物って、心がこもっていて温かいです。手間ひまかけて作ったコロッケはおいしいです。機械で大量に作られた物には心がなくて冷たいです」

電話がかかってきた。受話器をとると二階のサクラからだった。ヘンな物音がするというので、広海が物置で探し物をしていると教えてやった。すると眠れないので静かにさせろといってきた。風邪をひいている割りに威勢のいい声だ。

マドはしかたなく二階の様子を見に向かった。

あと三日もすれば広海は大学のある東京に帰ってしまう。その次はマドが去る番だ。この事務所も寂しくなるだろう。その点ではサクラが二人分も三人分もにぎやかな女で良かったと思う。

マドの部屋から見て広海の部屋と反対側は物置として使われており、ふだんは扉に鍵がかかっている。マドも今日まで中を見たことがなかった。その扉がいまは開いている。

「広海さん？」

「ん？　呼んだ？」

部屋を覗きこむと奥のほうで四つんばいになっていた広海が振り返った。

「見つかりましたか？」

「うーん、それっぽい引き出しは見つかったんだけど、全部がインストールディスクみたいでね。どれが作画ソフトのか、わからないんだ」

「もうちょっと静かにお願いできます？　サクラさんが寝こんでるので」

「了解。それなら大丈夫。棚をずらしたときに一度耳障りな音をさせちゃっただけなんだ。今日はもうこのままの配置にしておくよ」

「ボクも探しましょうか？」

「いや、それならいっそのこと下からおばさんをおんぶして連れてくるよ。そのとき手伝ってくれ」

マドは部屋の中に足を踏み入れてみた。

正面と左右の壁にはスチール製の棚が並んでいる。それらに囲まれてところせましと物が置かれている。昔はすべて一階の事務所にあった物で、千鶴に関係する開発ツールだ。扉に鍵をかけていたくらいだから盗まれては困る物もあるのだろう。

マネキンのようなボディもある。予備の手足のパーツなのか、左右のセットがひもでつながれてパイプハンガーにたくさんかけられている。手前から奥へと微妙に形が変化していて徐々に改良されていった様子がわかる。

棚にはキングファイルがズラリと並んでいる。ほとんどが仕様書と設計書のようだ。年代順に並んでいて、ヴァージョンの数字も少しずつ増えていっている。共同開発した会社の名前も入っていて、背表紙のタイトルは同じものが二つとない。

マドは机の上に積み重ねられた巨大な画用紙に目をとめた。

一番上は薄くホコリをかぶっている。そっとめくってみると二枚目からは白くきれいだった。

大型のプリンターで印刷されたものだ。すべて千鶴の設計図。内部の構造までくわしく描画《びょうが》されている。さらには回路図もある。

マドはめくるごとに息をのんだ。プリンターで印刷されたものなのだが、それ以上に鉛筆で手書きされたコメントが多い。どれも芯が折れそうなほどの筆圧と殴り書きで、読んでみると言葉が乱暴で命令形が目立つ。

「初代鋳型《いがた》取り寄せろ！（月末まで）」

「ショットキーバリアに変更　2タイプで並行運用！」

「モノアイ表面研磨やり直せ！」

「電波ノイズ試験　衝撃試験　連休前　要予約！」

まるで紙の上で口げんかをしているかのようだ。違う筆跡がいくつもある。この事務所には千晶のような気性の荒い人間が何人もいたのだろうか。

こどものような目をした大人ばかりのたまり場だったと、千晶はなつかしくも楽そうにいっていた。だからマドは、ワイワイガヤガヤと遊びながら千鶴を造っていたのだとてっきり思っていた。しかしこの設計図から想像されるものは、和気あいあいとした雰囲気のたまり場ではなく、常に緊張感をもった戦場だ。

機械で大量に作られた物には心がなくて冷たいと、ついさっき千晶の前でいってしまったばかりだ。確かにそうなのだと思う。しかしその機械を造るために研究者は膨大な時間と労力を費やしている。

「あったこれ！」

広海がとっさに左手で口を押さえた。そして右手に持ったディスクケースを高く掲げた。

「ＣＤですか」

「うん。でもちょっと待てよ。これヴァージョン13になってる。もっと新しいのがあるかも」

「昔ここで働いてた人が作ったっていってましたよね」

「……やっぱりあった。ヴァージョン15。八年前の日付になってるからたぶんこれが最新だな」

広海がスマホを操作しはじめた。

「なにを調べるんですか?」

「いや、友達にメッセージ。大学で欲しいっていうやつが何人かいるから、おみやげにね」

「それなら一階に新品のCDがたくさん余ってましたよ。コピーできると思います」

「いまはそんな面倒くさいことはしないよ。もっと手っ取り早い方法がある。ネットのサーバにアップロードしとけば、あとはおのおの勝手にダウンロードする」

簡単にコピーできてしまう作画ソフトも、それを完成させるまでに一〇回以上もヴァージョンアップを重ねている。

心というものが、少しわかりかけてきたような気がした。

クレインファクトリー

「若菜くんがいなくなったら寂《さみ》しくなっちゃうわね。次もいい子がきてくれないかしら。国見さんによくいっておいてね」

「はい。ありがとうございます」

　あゆみクリーニングでは、盆前から調子が悪かった洗濯機がついに壊れてしまった。店は開けていたが作業場は休業していた。急きょ新型と入れ替え、昨夜から徹夜で洗濯したという。

　おかみさんが交差点でハンドルを切りかけ、すぐに戻して直進させた。此先ファクトリーズの沿道を通るつもりのようだ。

　あゆみ地区で端のほうから端のほうに移動したいとき、距離は少々長くなってもこの沿道を使うほうが早く着く場合がある。すいているし信号待ちをすることがほとんどない。

おかみさんは主人もいうように〝野生の勘〟で最短コースを行く。最短コースよりも最短時間で到達できるルートがあればそっちを選ぶ。ショートカットは生き物の本能であり、時間の節約も生き物の本能なのだろう。

朝の通勤通学の風景を見ていてもそうだ。駅まで通るルートはみんなほぼ同じ。その道が一番近かったり、安全であったり。朝の買い物のためにコンビニエンスストアの位置がルートに影響することもある。しかしいずれも生きていくために有利という点で共通している。生きようとするのは本能だ。人間は高度な知性で行動しているようで、じつはベースにある野生の本能にしたがっていることが日常生活の中でも断然多い。

「本当に痛い出費だわ。ここにきてローンを組むことになるとはね。業務用の洗濯機って車が買えちゃうのよ？　若菜くんならどっちが欲しい？」

「ボクは車の免許を持っていないので、難しい選択ですね」

「あらうまいじゃない」

「そういう意味ではありません」

「いまのところライバル店もないし、こっそり値上げしちゃおうかしら」

　こんなタイミングに悪魔のささやきがあると人の心は揺らぎやすい。分水嶺という手っ取り早い金儲け話につい乗ってしまう。実家の金物屋がそうだった。商店街が寂《さび》れてきており、父と母は駅に近い入口近くの空き店舗に移ろうかと話していた。しかしお金がかかる。そこに悪い人間が近づいてきたのだろう。

　マドは助手席からそれとなく身を前に乗りだした。

　廃工場の金網のフェンスが踏み倒されている。ロングアームの重機が進入したのだろう。まだ建物の外観は原形をとどめていたようなので、明日から解体が始まるのかもしれない。

「なにを見てたの？　ひょっとしてもう月が昇ってきた？　今夜は中秋の名月ね」

「そうでしたね」

「お天気がいいからきれいに見えるんじゃないかしら。昨日もじゅうぶん丸くてきれいだったけど」

　おかみさんは心持ちアクセルを踏みこみ、延々と黄色の点滅信号が続く沿道を飛ばした。

「私はマンションのお客さんを一度に回るから、若菜くんは向かいのアパートに一軒届けてちょうだい。パーティドレスが二点だったかしら」

「わかりました」

「あとそのお客さんのちょうど隣だったと思うわ。いちおう玄関の扉をたたいてきてちょうだい。ジャケットを預かっているんだけど、仕上がりを急がせておいて二週間も受け取りにこないの。電話もつながらないし」

「お名前は？」

「えーっと、〝こぞう〟さんだったかしら。そんな風な名前よ。表札を確かめて」

頭上のスイッチを入れると軽ワゴン車のスピーカーからあゆみクリーニングのミュージックが流れた。おかみさんとはマンションの近くで別れ、マドはパーティドレスを持ってアパートに向かった。

そのアパートは屋根の上に傾いたテレビアンテナが何本も立っていて遠くからでも目立つ。漆喰《しっくい》の壁が全体的に黒ずんでいて不潔な印象がある。あゆみ地区では一番古いアパートかもしれない。防犯対策が乏しくて通路側の小窓には面格子がついていない部屋もある。

一階と二階に四軒ずつあり、たぶん一階に三軒、二階は一軒しか住んでいなかったはずだ。住んでいる部屋には玄関扉の横に洗濯機が置かれているのでわかる。おかみさんに表札を確かめろといわれたが、ここのアパートで表札を出している部屋などない。

（ここだ。ここには洗濯機があったはずだ）

マドは床のシミを見つめた。

玄関扉にはポスト口に用紙が差しこまれている。宅配便の不在通知のようだ。マドは少しだけめくってみた。おかみさんは〝こぞう〟といっていたが名前は小曽根《こそね》だ。日付が一週間も前になっている。

マドは扉を強くノックした。

――人の気配はない。

引っ越してしまったのではないだろうか。

あきらめて隣の部屋に移る。ここは小曽根の部屋とは違ってかすかに気配がある。

扉をノックするとすぐに足音が聞こえてきた。中から出てきたのは若い女だった。

これから出かけるのか、それとも帰ってきたところなのか、首にはシルクのスカーフが巻かれている。

「お代は払ってるわよね」

「はい、いただいています」

女が受け取りのサインをした。

「ありがとう、ごくろうさま」

扉が閉められそうになった。

「す、すみません！」

「なに？」

「隣の方って、まだ住んでおられますか？　お得意様なんですけど」

女は扉から頭を出して隣に目をやった。

「……いないと思うわ」

女が首をかしげた。

「引っ越したとしたら十日くらい前よ。物音がすると思ってたら、夜逃げみたいにパッといなくなったわね」

女がギョロリとした目を向けてきた。

「ありがとうございます。またあゆみクリーニングをごひいきに」

二週間前に急ぎの服を店に持ちこみ、その数日後には引っ越している。数日後に引っ越さなくてはならなかったからクリーニングを急がせたのだろうか。それにしても奇妙な客だ。

おかみさんと別れた場所には軽ワゴン車だけがとまっていた。扉が開いたので助手席で待っていたら、隣町の丘に残っていた太陽の欠片《かけら》が向こう側に沈んでいった。しばらくしてマンションの入口から現れたおかみさんは洗濯物が入ったビニール袋を抱きかかえていた。

「お帰りなさい」

「さあ、あと何軒だったかしら。パパッと済ませちゃいましょう」

おかみさんはクリップボードにはさんだ伝票を確かめてからエンジンをかけた。

「小曽根さんというお客さんなんですけど、どうやら引っ越されたようです」

「え、そうなの!?」

おかみさんが声を裏返した。

「困るのよね。処分することもできないし、カビが生えないように保管しなくちゃいけないし。頭にきちゃう」

　おかみさんがハンドルをたたいて危うくマンションの住人にクラクションを浴びせそうになった。そのうえすぐに発進させるものだからマドはあわててシートベルトを装着しなくてはならなかった。

　それから五軒の配達を終わらせ、おかみさんは帰り道も此先ファクトリーズの沿道を飛ばした。陽《ひ》はすっかり落ちており、正面に昇りかけた満月を見ていると軽ワゴン車ごと吸いこまれそうな気分になった。

　月明かりで廃工場の様子もうっすらとわかった。マドは助手席の窓から、屋上に立つあの夜の自分を眺めた。最初の四人グループは、手ぶらの男以外はシルエットをよくおぼえている。

「おかみさん。小曽根さんというお客さんのジャケットですけど、どんなタイプですか?」

「オーソドックスなシングルの背広よ。両袖のシミがひどかったから、二、三日じゃ無理だっていったんだけどね」

　あのとき携帯電話で連絡をとっていた男は背広風のジャケットを着ていた。そして広海はその男が〝キッドさん〟と呼ばれていたといっていた。キッドとは小僧のことだ。おかみさんが名前を〝こぞう〟と間違えたように、そのコードネームを小曽根からとったとしてもおかしくない。

分水嶺を床の下に隠し、あのラバーを元に戻すときに袖がベトベトになった。そして翌日あたりにあゆみクリーニングに持ちこんだのだろうか。

マドは前方をにらみながらうなずいた。

ではなぜアパートから急いで引っ越す必要があったのだろう。

助手席の窓に映った自分の顔に向けて小さく舌打ちする――。

廃工場から分水嶺が運びだされたことは間違いなさそうだ。

店に戻るとさっそくパイプハンガーの中を探してみた。すると小曽根の伝票と一致するジャケットを見つけることができた。落ち着いた濃《こ》いグレーだが表面に光沢がほどこされていて堅い役所勤めなどには不向きだろう。しかし生地《きじ》はけっしてペラペラではないし要所には芯が入っており、縫製《ほうせい》がていねいなので絶対に安物ではない。このジャケットをあの夜屋上から見たかというと、さすがにそこまでの確信はもてなかった。

閉店後の残業を覚悟していたら今日の仕事は終わりといわれた。主人が徹夜からの働きづめでヘトヘトになっていた。季節の風物詩が好きな主人も今夜の月についてはひと言も触れなかった。家に帰って一刻も早く布団に入りたいようだ。

「それでは失礼します」

「お疲れさま。明日もよろしくね」

店の脇には軽ワゴン車がハザードランプを点滅させてとまっており、助手席にはすでに主人の影があった。会釈をしてもまったく反応がない。シートが傾いているようにも見えるので眠っているのかもしれない。

マドはクレイン1に満月を見せてやろうとヘッドセットをつけた。あいにくいまは雲に隠れているが、家に着くまでに一度くらいは晴れるだろう。

ノロノロ自転車を走らせていると後ろからスクーターに警笛を浴びせられた。サクラが乗っているものと同じ車種のようで排気音にも聞き覚えがあった。しかしそのスクーターは前方の交差点を直進ではなく左折していった。

（もう帰ってきてるのかな……）

サクラは一日休んだ翌日から外出はしている。ただし仕事に行っているのかはわからない。たぶん行っていないのだろう。家を出る時刻が中途半端だし、おやつ時にはもう部屋に帰ってきているようだ。

《発見。広海》

「え、どこ？」

マドはペダルをこぐ足をとめて目をキョロキョロさせた。そして惰性《だせい》で進むうちに広海を見つけてブレーキをかけた。

「本当だ。暗いのによくわかったね」

街灯の下で広海が男と立ち話をしている。男は寄せ木細工の伝統工芸士だ。興奮気味なのか、広海の身振り手振りがやけに激しい。ひょっとしたら卒業作品の素材を寄せ木に決めたのかもしれない。

振り返ってしばらくクレイン1と満月を眺めていた。しかし広海の身振り手振りがいっこうにおとろえないのでこのまま声をかけずに帰ることにした。

広海はあゆみ地区で伝統工芸の勉強をよくしていた。遊びに出かけている様子はなかったし、廃工場の捜索がなければここでの時間を丸々使っていたのではないだろうか。彼の美術に対する情熱は強い。サクラのいっていた〝虫〟であり、意外に職人気質《かたぎ》なのかもしれない。
　その広海は二、三日もすれば帰ってしまう。
「ツルちゃんとも、もうすぐお別れだな」
《…………》
「最後に、ボクになにかしてほしいことがあったら遠慮なくいってよ」
《……マド……》
「ツルちゃんは、千鶴とは会いたくないの？」
《どちらでもいい》
「千鶴はいまどこにいると思う？　お母さんは、あとは森の中に埋まってるんじゃないかっていうんだけど」
《地下の可能性あり》
「ハハ……。ツルちゃんもお母さんと似たようなことをいうんだな。だけど残念ながらあの工場に地下はないよ。それとも森の地下ってこと？」
《エレベーターの地下》
「地下の階がないのにエレベーターは地下には下りないだろ」

しばらく進み、マドは急ブレーキをかけた。

地下の階はなくともエレベーターには地下のような場所が必ずある。昇降路のピット――〝底〟だ。その場所は広海ですら探していないはず。

マドはただちに自転車をUターンさせて走らせた。あの街灯まで戻ろうとしたら広海もこちらに向かって歩きはじめているところだった。

「広海さん！」

「ああ若菜くん、もうあれ見た？　月が昇ってきたね」

広海が振り返って満月を指さした。

「おばさんを連れだして見せてあげようか」

「千鶴の居場所、わかったかもしれません！」

「え？　なんだって？」

「エレベーターの底です」

広海が鋭い目で虚空《こくう》をにらんだ。

「……あるな。盲点だ」

「たぶん、今夜しかないですよ。もう敷地《しきち》に重機が入っていました」

「うわあ、もう二度と行かないつもりだったのに……」

広海が右手で目を覆って口をゆがませた。

「行きたくないけど行くか！」

広海の切り替えは早かった。事務所に帰って二階の部屋からライトの一式をとってくるように指示してきた。そして彼自身はジャッキを借りてくるといってメインストリートのほうに走っていった。

「今度はツルちゃんも一緒にきてほしいな」

《行く》

事務所の勝手口を覗くとガスコンロの前には車椅子に座った千晶の姿があった。鍋からは湯気が上がっており、火が落とされたフライパンには炒《いた》め終えた挽肉《ひきにく》が見えた。マドは廃工場に行くとだけ伝え、探す場所までは伝えなかった。

千晶はできれば自分で探したかったのだろう。しかし今日まで広海に頼るしかなかった。自分の無力さを感じ、なにかに頼った人間をマドは他にも知っていた。

二階はサクラの部屋の扉が開いていた。風呂のほうからはシャワーの音が聞こえてきていた。広海の部屋に寄ってからそっと階段を下りる。自転車の前かごにライトの一式を入れると勢いをつけて飛び乗った。

新月の夜に廃工場に向かったときとは違う。ペダルが軽く感じられる。それは今夜が満月だからではない。サクラについての憂《うれ》いはちっとも消えていないのにペダルが軽い。廃工場から得体の知れない力で引っ張られているかのようだ。得体の知れない衝動がペダルを踏む足に力を加えてくる。

たぶん、目星をつけた場所に千鶴はいるということなのだろう。千鶴は世界を変えたロボット。分水嶺をめぐって人生が変わってしまった人は少なくないはずだ。マドの父と母がそうであり、マドもいまこうしてこんな場所にいる。なにか運命的な力が働いているような気がする。千鶴と会うことは運命の一つなのかもしれない。運命に従っていると、体は苦もなく動き・動かされるものなのだろう。

踏み倒されたフェンスの上をマドは自転車を押して越えた。地面はぬかるんでいないが乾いてでこぼこが固くなっている。巨大な重機は玄関のほうにとめられているようだ。そこに築かれたトラ柄の仮設フェンスで厳重に囲まれている。広海と入った壁の穴には近づけそうにない。

広海は乗り物がないのでまだしばらくはやってこないだろう。マドは自転車を置いて周囲の探索をはじめた。広海からはもう一つ、エレベーターの扉をこじ開けるためのテコ棒を用意しておくようにいわれていた。

（とびきり硬い棒となると、ないもんだな……）

マドはキープしていた枯れ枝を投げ捨てた。沿道のほうに目をやるが広海と思しき人影はない。ヘッドライトを点灯させ、自転車のハンドルに引っかけておくことにした。

玄関のそばは重機でふさがれているので、建物の中にはくずれ落ちた壁の穴から入るしかない。そもそもそれがなにより簡単だ。

マドは懐中電灯で照らしながら中に足を踏み入れた。

「たぶんツルちゃんが倒れていた部屋ってここだよ。おぼえてる？」

《記憶に該当なし。ここはメンテナンスルームの可能性あり》

「ロボットたちの診療所みたいなところか」

おびただしい数のゴミがフロア全体に散乱している。スプレーによる壁の落書きが多い。タイヤが転がっているると思えばタイヤのないオートバイが一台壁際に倒れている。強い腐臭が漂っている。ゴミが多すぎてどれが匂《にお》いの源なのかわからない。

まだ使えそうなビニール傘が落ちている。拾おうとしたがすぐに手を引っこめた。これではとてもテコ棒にはならない。エレベーターの扉相手では簡単に曲がってしまうだろう。

鼻をつまんでフロアをあとにした。階段を上り、通路を左へ進む。にわかに好奇心が湧いてきて床下のある部屋へ下りてみる。

（やっぱりだ）

ラバーが半分だけ巻き上げられている。ふたを開けて床下を見るまでもないだろう。分水嶺はとっくに持ち去られている。

「ツルちゃんが工場にいた頃、この部屋ではなにをしてたの？」

《検査室の可能性あり》

「がらんどうだけど、昔はベルトコンベアでも置かれていたのかな」

《リフト》

天井を照らしてみると吊り下がったレールのようなものが蛇行《だこう》していた。足下ばかりに注意したせいで気づかなかった。

「そうだ。硬い棒を探さなくちゃ。どこかにないかな。長さが一mくらいの鉄みたいに硬い棒」

《左に三五〇cm前進。その後左折》

クレイン1のいうとおりに進むと細い通路があった。通路というべきか壁と壁のすき間に近い。大人同士がすれ違えないくらいに細い。広海がタブレットの画像を見せながらそんな話をしていたことが思いだされる。しかし彼がいっていた通路ではなさそうだ。床にはどこにもひび割れた箇所がない。

マドは左手で懐中電灯を持ち、右手で壁に手を添えながら慎重に足を進めた。

一人だと絶対にこられない場所だ。暗いのも恐いがせまい場所はもっと苦手だ。

この先が生産ラインになっているのかもしれない。頭上にリフトのレールが走っている。ここを製品がぶら下がって運ばれていたのならば人間が通れば頭をぶつけてしまう。ただしクレイン1たちならば問題なく行き来できそうだ。

「まだ行かなきゃダメかな。閉じこめられそうで恐いよ」

《四〇〇cm前進。続いて右に進入》

マドは懐中電灯の光を向けた。

扉がついていない入口がある。そこでリフトのレールも二手に分かれている。

マドは入口の前に立った。懐中電灯の光を左右に振ってみる。

中はかなり広そうだ。生産ラインの中心部だったのだろうか。基本的にがらんどう
だが大型の機械が所々に残されている。このラインは二階ともつながっているようで、
天井へとリフトのレールが吸いこまれている箇所がある。

「ここにテコ棒があるっていうの？」

《右前方、リフト》

マドは右に目をやった。

「なるほどあれか」

リフトのレールが目の高さまで下りている。そこに棒のようなものが何十本とぶら
下がっている。

フロアには金属の部品が落ちている。マドはそれらを避けながら進んだ。

いずれも先端にフックがついている。あいにく長さは靴のサイズ分くらい足りない。

そして細い。鉛筆をひと回り太くしたくらいだ。

マドは端っこの一本を手にとってみた。

「おっ、これは……」

とてつもなく硬い。錆《さ》びてもいないようだし鉄ではなさそうだ。こんなに硬い合金は触《さわ》ったことがない。折れることはあるだろうが少なくともグニャリと曲がることはないだろう。

「これ、どうやって取ったらいいのかな」

《…………》

クレイン1も知らないようだ。

ねじってみると意外に簡単に回って外れた。

「これは使えるや。ツルちゃんありがとう」

マドはいま通ってきたルートを戻った。

階段を上って二階の通路を右に進む。中央の下り階段を過ぎてからは小部屋があるごとに懐中電灯で中を照らして確かめた。前回の帰りに広海がロープのはしごをどこかに投げ捨てたはずだ。あのはしごがなくてはエレベーターの底には下りられない。飛び下りることはできるだろうがそれきり戻れなくなってしまう。

（おかしいな。ないぞ）

そこへ通路の突き当たりから光が射した。ヘッドライトの明かりだ。一階を探索している間に広海がやってきていたようだ。

マドは駆け寄った。

「すみません。テコ棒を探していたもので」

「いいの見つかった？」

「はい」

マドは広海に金属棒を差しだした。

「こいつは使える。こっちも道具はそろえたよ」

「はしごは？　いま小部屋を探したんですけど」

「ああ、それなら回収したよ。いま下にある」

広海がさっそくきびすを返した。しかし階段を下りているときにはむしろマドのほうが先行していた。足下は懐中電灯で照らす必要がないほど明るい。窓から射しこむ満月の光は初めから答えを指し示していたかのようにエレベーターの辺りを照らしている。新月の夜ではわかりようがなかった。

「一つ朗報だ」

「なんでしょう」

「エレベーターのゴンドラだけど、さっきの二階にとまってた。ドアが壊れていて少しだけ見えたんだ。一階にとまってたらアウトだったよ」

「ラッキーでしたね。ボクは考えもしてませんでした」

前回は気にとめなかったエレベーターは、いまは扉の表面が鈍い光沢を帯びて神々《こうごう》しさすら感じられる。ピタリと閉じた扉の内側は光が断絶された闇の状態になっているのだろう。

広海が床に置かれた袋を開いてジャッキを取り出した。一般的なパンタグラフのタイプだ。

「まずはボクがドアにすき間をつくるから、若菜くんはその棒を突っこんでくれ。一〇cmくらい開いてくれたらいい。そしたら今度はボクがジャッキを突っこむ」

左右開きのドアに広海が指先をかませた。しかし小首をかしげて指先の位置を何度も変えはじめた。扉はピッタリと閉まったままでビクともしない。

マドも自分の指で試そうとしたら広海がポケットから取り出したマイナスドライバーをねじこんだ。わずかなすき間ができたのでマドはすかさず金属棒を差しこんだ。

「ナイス。手応えは？」

「開きそうです。ほら」

テコを使うと一〇㎝くらい扉が開いた。そこでマドは素早く靴のつま先を入れた。

金属棒は硬くて問題ないが、ドアのほうが変形してしまったので位置をずらして力をかけ直した。そこへ広海がジャッキを慎重に入れた。

「OK。もう離してもいいよ」

広海がジャッキにハンドルを取り付けてさっそく回しはじめた。

扉がじわじわと開いてゆく。肩幅とまではいかないが、体を横に向ければじゅうぶんに入れそうだ。

「よし、こんなもんだろう」

広海はハンドルを外すと床にうつぶせになってドアの間に頭を入れた。マドはジャッキの上から懐中電灯の光を昇降路の中に当ててみた。

「あったあった！　本当にあった！　一、二、三、四……、六機!?」

広海の声が警報音のように昇降路に響《ひび》く。

「千鶴はいますか!?」

「わからない！　全部同じに見えるけど！」

広海が扉から首を抜いた。

「たまげたな。鳥肌立っちゃった。それに見てよほら」

広海が顔の前に上げた両手の指が小刻みに震えている。

「じゃあボクも」

マドはヘッドセットを外して床にうつぶせになった。そして懐中電灯を持った両手を先に入れてそのあとに頭を突っこんだ。

――二階から見下ろす地面くらいの落差がある。横幅と奥行きは両腕を広げても届かないくらいある。その底の片隅だけはコンクリートが露出しておらず、数機のロボットが壁に背中を預けている。広海は六機といったがはっきりとした数はわからない。なにかおびただしい数の紙くずが散乱していて海のようになっている。そこにロボットのボディはなかば埋もれている状態だ。

どれが千鶴でその他がクレイン1なのか、はっきりと見分けがつかない。

マドは扉の間から首を抜いた。広海がいないと思ったら、彼は階段の手すりにロープのはしごを結びつけていた。

「どっちかが下りて、どっちかがここに残ろう。万が一閉じこめられたら二人とも終わりだ」

「広海さんにしては慎重ですね」

「少しは成長しただろ？」

「だったらボクに行かせてくれませんか？　どうしても行きたいんです。ツルちゃんも連れて」

「わかった。じゃあ、気をつけてね。ボクが上から物を渡すよ」

広海がロープの強度を確認しながら少しずつはしごを落としていった。マドはいったんリュックサックをその場に降ろした。

鼻の息が熱い。自分のものとは思えないほどだ。胸に手を当てると内側から強く鼓動にたたかれた。空からダイビングするわけでもないのに体が過剰に力んでいる。

「いいよ。準備ＯＫだ」

マドは下に落ちたロープをいったん引き寄せ、あらかじめ二つの輪っかに左右の足を入れた。そしてロープをピンと張りながら扉の間に両足を滑りこませていった。

「足を踏み外しても、ロープだけは絶対に握っときなよ」

「はい」

「じゃあ次の輪っかを探して。三〇㎝下だ」

ロープが張りつめてきしむ。右足を抜いて左足一本で立つ。勘《かん》を頼りに右足をそーっと下ろしていく。しかしあるだろうと思っている位置に輪っかがない。頭で考えるのと実際にやるのとでは大違いだ。

「見つからない？　そういうときは自分が思ってるよりも上だ」

「あ、ありました！　入りました！」

マドは肩をすぼめて扉の間から頭まですべて入れた。広海が懐中電灯で照らしてくれたので次の輪っかに左足を入れるまで苦労はしなかった。それに底までもう少しだ。

「右足抜きます。……それよりもうこのままジャンプしたほうがいいかも。行ってきます」

懐中電灯の光に照らされた先にマドはひと思いに跳んだ。着地のタイミングにズレはあったがバランスを崩すことはなかった。頭上では広海の影が消え、真っ暗な昇降路に満月の光だけが淡く射しこんできていた。しかし足下は目をこらしても見えない。すぐ近くのところにロボットたちはいるはずだった。

まだ胸の鼓動が収まらない。体が特殊な空間を意識して固くなっている。

「懐中電灯から渡すね。さあ、手を伸ばして」

「お願いします」

マドははしごの輪っかを一つだけステップに使って右手で受けとった。

さっそく片隅を照らしてみる。

（なんだこれは……）

紙くずのようなものを一つ拾ってみた。手にとってみた瞬間、両腕に鳥肌が立った。

（いったいどうなってんだ？　なんでこんなところに）

手ざわりはコピー用紙。これは白い紙で作られた折り鶴だ。折り紙にくらべて紙が厚い割りにきれいに折られている。ただし千羽鶴にするにはサイズが大きすぎる。足下を海のようにしている正体がすべてこれと同じ折り鶴だ。

マドは口を開けたまま立ち尽くした。懐中電灯が照らした壁には二機のクレイン1が肩を寄せあっている。

「若菜くん」

表面には光沢がある。広海が拾ってきたときの機体の状態とは大違いだ。

「若菜くん聞こえてる？」

マドは頭上に目をやった。

「すみません！」

「どうしちゃったの？　リュック渡すからとってくれよ。中にヘッドセットも一緒に詰めこんでおいたから」

「お願いします」

マドは同じ要領でリュックサックを受けとり、代わりに折り鶴を広海に渡した。

「なにこれ。こんなものがあったの!?」

「はい。しかもたくさん。ちょっといまから調べてみます。時間をください」

上から見たときにはわからなかったが、一機だけボディがひと回り大きなロボットがある。おそらくこれが千鶴だ。

マドはリュックサックからヘッドセットを取り出すと頭に装着した。

「ツルちゃん、これが千鶴であってる？」

《そのとおり》

試作機と量産機は大きさは違ってもプロポーションは同じはずだ。しかしところどころに手作業がくわわっているためか、千鶴には柔らかな印象がある。男の子か女の子かといえば女の子だ。ボディには角張ったところがいっさいなくて、人に戦争を仕掛けたイメージは湧かない。

「ここにあるたくさんの鶴は、まさか千鶴が折ったのかな」

《そのとおり。チーフが折った》

クレイン1は千鶴が鶴を折っているところをこの工場の中で見たことがあるのだろう。じかに見ていなくても、他のクレイン1が見たデータが共有されていれば見たことと同じだ。マドが事務所の二階で折ってみせたあと、クレイン1はその折り鶴を手に持ってずっと見つめていた。記憶していた折り鶴と比較していたのかもしれない。いったい何羽あるのだろう。五百や千どころではない。二千羽はあるかもしれない。

（二千……）

腕にまた鳥肌が立った。

（まさかな）

マドは片膝をつくと千鶴のかたわらにある折り鶴の海をかき分けてみた。すると配線コードがあり、それは五機のクレイン1のほうに延《の》びていた。

（まさかが当たった）

この折り鶴は上から投げ落とされたものではない。きっとこの場所で折られたのだ。すべて千鶴が折った。クレイン1はたんなるバッテリーの役目だ。

マドはあらためて一羽の折り鶴を拾った。

じつに良くできている。きれいに折られている。折り目正しいとはまさにこのことだ。心がこめられているかと聞かれれば、そう感じるといわざるを得ない。だからなのか、逆にこの折り鶴にアレルギーを感じてしまう。

中学校時代の出来事が思いだされる。自転車通学していたクラスメイトが車とぶつかって大けがをした。しばらく入院することになったので、みんなでメッセージの色紙と千羽鶴を作って届けたことがあった。あの千羽鶴を、もしも代わりにロボットに折らせていたらどうだろう。

折り鶴は、千羽綴《つづ》って千羽鶴になる。その一羽一羽は関係者によって祈りと願いをこめながら折られてゆくものだ。人が真心をこめるからこそ意味がある。いくら工業技術が発展しても、いくら人が手っ取り早い手段を求めても、折り鶴だけは自動化によって大量生産されてはいけないと思う。

マドの妹は生まれて七日目の夜にこの世を去った。その間に折られた鶴は一九一羽。

医者からは、千羽鶴が完成するときくらいまで生きられたら、その後は生命が安定するだろうといわれていた。あっという間に千羽鶴を完成させても願いが叶うわけではない。娘が手の届かない保育器に入れられてから、母が最初の一羽を折りはじめるまでに二日かかっている。二日の間、母親でありながら子になにもしてやれない無力さをさんざんなげいた。千羽鶴作りとは、無力な人間に残された数少ない希望的行為なのだ。

マドは周りを懐中電灯で照らしてみた。ふだんは一条の光も届かない冷たく固いコンクリートで囲まれた二m四方の無機質な空間。工場は閉鎖されたあともじつは生産をとめていなかった。ロボット戦争もじつは続いていたのかもしれない。

あの七年前のロボット戦争で、千鶴は爆薬を使って人を外側から攻撃した。今度は千羽鶴を通して内側から攻撃しようというのだろうか。ていねいに折られた千羽鶴を見せられると、いままで人だけがもっていた――真心を形あるものにして表現する――手段が奪われてしまうような気がして不安になる。千羽鶴をロボットが作る世界になったら、無力な人間はより無力な人間として指をくわえているしかなくなってしまう。

ここは〝折り鶴工場《クレインファクトリー》〟だ。

いくら時代が変化しても、幸いこの工場が必要とされることはないだろうとは思う。しかしこの工場の存在を認めるか認めないかが、人にとってきわめて重要な境界線になっているような気がする。ものづくりから心を除いてしまうのか、とどめておくのか。おびただしい数の折り鶴がその問題を突きつけてくる。まさか千鶴は人が根本的にダンキストであることを見抜き、人が折り鶴の表面的な出来映えばかりに目を輝かせ、心を一つ手放して合理的な生産システムを押し進めていく未来を見ているのだろうか。

千鶴は乱数発生装置という心をもっている。その心で人がもつ本物の心に様々な角度から挑んでいるのかもしれない。

《チーフ起動》

「え?」

マドは千鶴に懐中電灯の光を向けた。千鶴はすでに両手を胸の下辺りにかまえ、その手には一枚の紙があった。

「千鶴!」

反応がない。

マドはしゃがみこむとあらためて懐中電灯の光を頭部に浴びせた。しかし千鶴からはやはり反応がない。光や音など、余計なセンサー機能は遮断《しゃだん》しているのかもしれない。モノアイは水平に向けられており、紙を持った手元をまったく見ていない。それなのに、折りはじめた。

手元を見る必要がないのだろう。ふだんこの場所にはいっさい光が届かないので、いままでも手元を見ずに折ってきたのだ。

机もなく、手の中だけで折っている。あやまって手から落としたらそれで一巻の終わりのはずだ。しかし辺りを見ても、折り鶴の海に失敗作は一羽もない。

マドはギリギリまで顔を近づけて見つめた。自分の鼻と口を手でふさぐ。

なんと優れた技術だろう。その優美さにどんどん引きこまれてしまう。こどもでは難しい袋をつぶす工程をよどみなくクリアしてゆく。その正確さと堅実さにかぎればすでに人がもつ能力を超えている。

頭上に目をやれば広海もこの様子を見ていた。言葉はかけてこないがヘッドライトを揺《ゆ》らしてうなずいている。

そしていま、折り鶴の両翼が開いた。さらに片翼ずつはさんでならして微妙な反《そ》りをつけた。千鶴はその出来映えを確かめることもなく、折り鶴を持った右手を静かに下ろし、そして左手を静かに下ろした。

千鶴が静止する。

明日のいまごろまで動かないようになっているのだろう。ここにある折り鶴の数を見積もったときからマドにはそんな気がしていた。その数はゆうに二千を上回る。一年は三六五日だから、七年前から一日に一羽ずつ折ればこれくらいの数になる。

いま、一羽を完成させるのにわずか二分くらいだった。紙の質と大きさを考慮したうえで、人とくらべて高いレベルにある。そもそも千鶴は電光掲示板の工場で働くために造られたロボットであって、人の手にあたるマニピュレーターは折り紙をするために特化されていない。難しい工程だけをこなす専用ロボットを開発すれば、流れ作業の機械と組み合わせることで折り鶴の大量生産は可能だ。

マドは千鶴の右手からできたての折り鶴を手に取った。

千晶がロボット戦争の現場に駆けつけたとき、千鶴が左右どちらかのマニピュレーターになにかを持っていたらしい。それがいまわかったような気がする。そのとき千鶴は折り鶴を持っていたのだろう。

「千鶴。——千鶴！」

——反応がない。

「どうする？　若菜くん」

「あ、はい。ツルちゃんは、千鶴と話せないかな」

《可能性あり。ケーブル接続の変更を要求》

「ツルちゃんの仲間につながってるケーブルをツルちゃんにつけたらいいの？」

《そのとおり》

マドは壁に背中を預けた五機のクレイン1から一機を選び、頭部に接続されたコネクタを外した。

「千鶴に伝えてほしいんだ。『お母さんのところに帰ろう』って」

《もう一度》

「お母さんのところに帰ろう」

《録音完了》

マドはリュックサックの中からクレイン1の頭部を取り出した。ヘッドセットからのコネクタを外し、そこに千鶴とつながったコネクタを差しこんだ。

息をのみながら千鶴のモノアイを見つめつづけた。頭上からは広海のヘッドライトの光が照らしている。

声が伝わるだろうか。伝わったら、同意してくれるだろうか。すぐにでも明るい場所に連れていってやりたい。その衝動がいま最高潮に達しようとしていた。

（あっ……）

千鶴の首が少し動いた。そしてゆっくりと持ち上がり、こちらの目を見つめてきた。

「帰りたい」

千鶴は女の子のかわいい声でいった。その声を聞いて、衝動の正体がやっとわかった。ここは折り鶴工場であり、母親の手の届かない赤子の保育器。マドは千鶴に〝マド〟という双子の妹を重ねていたのだ。


ひと夏を越えて、此先駅の駅舎にはあずき色の外壁ができていた。もう駅前の通りからプラットホームの様子を見ることはできないし、外壁に並ぶ窓ガラス越しに一番線の列車の影がなんとなくわかる程度だ。

駅舎の完成にあわせてバスロータリーも拡張され、ゆがみがなくなってカーブもゆるやかになった。タクシー乗り場もその中に移されたようだ。芝が植えられた中央のスペースには頑丈な支柱が二本立っており、その間に横木が渡されている。たぶん此先駅からあゆみ地区にかけた地図の看板が掲げられるのではないだろうか。

まだ営業は始まっていないようだが総合案内所の建物もできている。あゆみ地区が観光地になってゆくことを示す象徴的な施設といえるだろう。

広海が立ち止まって駅前の様子をタブレットで撮影している。彼が初めてやってきたときにもそうして写真を撮っていた。短期間で激変した風景がそのタブレットには収められている。

「お待たせ」

マドは広海と並んで此先駅の南口から入った。広海は最後にもう一度振り返っていただろうか。

「のんびりとしたところだった」

「そうだったでしょう」

「ボクは日頃ね、つまらない小さなけがが絶えないんだ。せっかちだからかな。だけどこの夏は廃工場以外ではほぼ無傷だよ。屋上からはしごで下りたのも、若菜くんがパートナーじゃなかったら大けがをしていたんじゃないかと、いまになって恐くなるんだ」

「強い分水嶺でもあったら、ひょっとしたかもしれませんね」

「この二カ月は本当に濃厚な日々だった。たくさんの職人といっぱい話をした。ここでは直接会って聞くしかないからね。インターネットには載《の》っていない、雑誌のインタビューくらいじゃ答えない、何度も通いつめて親《した》しくなってようやく職人が秘術のヒントだけを教えてくれることがある。それでもボクは大学の一年分くらい学んだんじゃないだろうか」

「広海さんは、地道なダンキストでした」

「なんだいそれ」

「パパッとするところと根気強くするところと、上手に切り替えていたと思います」

「卒業作品のための調べ物は、最初はパパッとすませようとしていたんだよ。だけどここではそんなやり方は通用しなかった。本当の答えにたどり着くにはやっぱり時間がかかるんだ」

「どういう意味ですか？」

「たとえ答えだけを教えてもらっても、すぐには自分の〝血〟や〝肉〟にはならないってことだよ。一夜漬けの試験勉強と同じで、時間が経てば全部きれいに消えてしまう。ここの職人たちは経験からそのことを知っていて、初めからボクの魂胆《こんたん》を見透《みす》かしていたんだ」

「……なるほど」

広海が券売機で切符を買った。

「『樹の芽神』、楽しみにしています」

「東京でも山梨でも、遊びにくることがあったら連絡してよ」

「ぜひ。また会いたいです」

「それじゃあ若菜くんもあとわずからしいけど、おばさんのことよろしくね」

「はい。ではお元気で」

「世話になった。ありがとう」

広海が改札機を抜けてプラットホームへと去っていく。発車を予告するアナウンスが流れているが、彼が飛び乗ろうとする気配はない。

マドはゆっくり引き返し、発車の警笛を聞いて歩調を速めた。

(どこまで進んだかな、千鶴)

千鶴はいま、サーバと接続されている。昨夜から千鶴の〝人格〟を再構築する作業が進められている。

千鶴に内蔵された大容量のメモリは、もうそれ以上は記憶できないほどいっぱいになっていたらしい。アーカイブ化といって、関係のある情報ごとにひとまとめにしてデータが圧縮されていた。それくらい千鶴は経験したことを頭に詰めこんでいた。

そのメモリにサウザンド・レポートはほんの一部の基礎的な内容しか記録されていなかった。千鶴はメモリがいっぱいになったのでサウザンド・レポートのファイルを丸ごと外に出したのだろう。そう、光磁気のディスクに移したのだ。それがロボット戦争後に摩訶《まか》不思議なかたちで発見され、分水嶺の存在が世に知れ渡り、世界的ゴールドラッシュが起きてしまった。

これはマドも大きな誤解をしていた。千鶴は分水嶺が存在する事実を広めてわざと世界を混乱させようとしたわけではなかったのだ。ただ記憶の一部を外に保管していたに過ぎない。口には出さないが、千晶もかなり胸をなで下ろしていたようだった。

そして今朝になって千晶は興味深いものを発見した。千鶴のメモリにサウザンド・レポートの続きと思われるファイルが収録されていたのだ。その内容はまだ世に知れ渡っていない新事実のはずだった。

事務所に戻ると中年の見知らぬ男が二人きていた。扉付近のテーブルで千晶と向かい合って話をしている。

マドは気を利かせてテーブルにお茶を運んだ。

二人の男はエンジニアのようで、ネクタイを締めたワイシャツに作業用のベージュの上着を着ている。千晶は老眼鏡に指を添えつつ、眉間《みけん》に深いしわを刻んで資料を読んでいた。

千鶴には特に変化はないようだった。作業台に尻をつき、壊れた両脚を前に伸ばした状態でメンテナンス用のスタンドにアームで固定されている。再構築作業はまだ三七%しか進んでいない。

マドは午後からはあゆみ地区のいっせい清掃に参加し、夕方からはあゆみクリーニングで働いた。あいかわらず小曽根という男はジャケットを受け取りにきていなかった。

もう要らないのだろう。廃工場から回収した分水嶺を売れば大金が手に入る。そのお金で新しいジャケットを買えばいい。

サクラも分け前をもらうのだろう。彼女の場合はイヤな思いをしてまでホームセンターで仕事を続ける必要がなくなる。物であったり、仕事であったり、お金があるといろいろなものを粗末にしてゆくものだ。

あゆみクリーニングからの帰り道、いくつかの工房の前には商品ごと陳列台が出されていた。明後日から工作教室が始まるので中はその準備だ。生徒はすべての工房で定員まで集まり、あふれて増員された工房もあるらしい。予想外の結果でうれしい悲鳴が上がっている。

事務所の前を通るときに中の様子が見えた。千晶はまだテーブルで二人の男と話をしていた。午前中からぶっ通しとはひどく根《こん》を詰めている。

サクラのスクーターがまだ帰ってきていない。どこですごしているのかは知らないが、仕事をしていないのだったらせめて夕飯の手伝いに帰ってきたらいいのに。

マドは自転車をとめると階段の先を見上げた。もう広海が帰ってしまったことをあらためて思いだす。この階段も忙しい日々から解放されてゆくだろう。

（そうだ、布団を返しにいかなきゃな。明日にでも一度干そうか）

台所の明かりはついている。換気扇は動いていない。マドは空模様を確かめてから勝手口の扉を入った。

真っ先に作業台に向かい、パソコンのモニターを覗いてみる。処理は八七％まで進んでいた。この調子だと今夜中に千鶴は再起動するかもしれない。

マドはときどきモニターの表示を気にかけながら台所でホイル焼きの準備をした。以前にあゆみクリーニングのおかみさんから教えてもらっていた鮭《さけ》とキノコのホイル焼きだ。もううろおぼえになってしまったし、おかみさんも大ざっぱに教えてくれただけなのでところどころを創作でおぎなわなくてはならない。

ガスコンロでパスタをゆではじめたときに千晶の呼ぶ声がした。マドは少し火を弱めてから台所を離れた。

いつのまにか二人の男がいなくなっている。

「終わりましたかね」

「すまないが、ここの片付けをお願いしてもいいかい」

「ついでにシャッターも下ろしとくれ」

「はい」

どんぶりと椀が床に積み重ねられている。お昼に出前をとったようだ。そして午前中に出した湯呑みも一緒に置かれている。テーブルの上にはコーヒーカップも残されている。見たことのないカップなのでこれも喫茶店から出前をとったのだろうか。

マドはテーブルとその周りを片づけ、表のシャッターを下ろした。

パスタは和風にしようと思っていたのに、千晶がフライパンにケチャップを入れてしまっている。ナポリタンは広海の好物で、その広海が帰ってしまったことを忘れているのかもしれない。

「チンと鳴ってたけど、そっちのオーブンはなんだい」

「ホイル焼きです」

「しゃれたものを作ったね」

「少し我流が混じってます」

「冷蔵庫から梅酒を出してきておくれ」

「はい」

「サクラは？」

「まだ帰ってないみたいでしたけど、見てきましょうか？」

「いや、おなかがすいたら帰ってくるだろう」

千晶と二人きりの夕食となると久しぶりだ。広海がいないので今夜から珍しいことではなくなるだろう。しかしここにいる日もあとわずかだ。

二人きりなのに誰かに見られているような気がする。視線を注いでくる正体は作業台の千鶴だ。まだモノアイは機能していないらしいが。

「いただくよ」

「食べましょう。いただきます。――それで今日のお客さんは？」

千晶が少し眉を上げた。

「一人は昔ここで働いていた社員だ。千鶴も一緒に作った。もう一人はその男のいまの同業者で技術屋だ。今日初めて会った」

「なんの相談にきたんですか？　難しい顔をしていましたけど」

「また仕事をしようって、担ぎ上げにきたんだ」

「担ぎ上げるとは？」

「あたしに音頭をとってみんなをまとめろと。つまり社長に返り咲けということだ」

「プロジェクト話だけはあるから、作業場を復活させてくれと？」

「そんな感じだ」

「それで、どうするんですか？」

「年内には答えを出さなきゃいけない。ただあたしゃ元気は出せても昔みたいに動き回れる体じゃないからね」

マドはチラッと天井に目をやった。また図面の上で物作りの情熱をぶつけ合う仕事が始まるのだろうか。

「今度はなにを造るんですか？」

「月で働くロボットだとさ。あたしゃ月のことはわからないよ。だからやるとしたら一年生になったつもりで勉強しなきゃね」

「いいことじゃないですか！」

千晶の目を見たつもりが千晶は見ていなかった。肩越しに、かつて千鶴を造っていたという奥の作業場を見ていた。

「無責任ですけど、ボクは大賛成です」

「どうしてだい」

「此先ファクトリーズのロボットとは、根本的に違うように思います。どこが違うのかというと……、月では人間は働けませんよね」

「いまはまだ無理だね」

「でも工場で機械やロボットがする作業は、手間ひまさえかければ人間でもできるじゃないですか。そこが違うと思います」

「なるほどね。――おっと、この鮭おいしいね。まぶしたタマネギの味も染みこんでいる。サクラのもあるのかい」

「はい」

千晶は小さくうなずいて再びホイル焼きに箸《はし》を伸ばした。マドもナポリタンを焼きそばを食べるように箸で口に運んだ。

「月のロボットは賛成だけど、工場のロボットはダメなのかい」

「人間は物作りを機械化させようとします。その精神は基本的にダンキストと同じだと思います。人間は合理的という言葉で美化します。でも本音としてはただ面倒くさいだけなんだと思います。手っ取り早くなにかを手に入れようとする精神とは、ボクはなじめません」

「マドは物事をわずらわしいと感じることはないのかい」

「……あります。たぶん人並みに」

「人間は誰もが面倒くさがり屋だと思うよ」

千晶はいつも広海が座っていた隣の椅子から新聞広告を一枚とるとくしゃくしゃに丸めて食卓に置いた。

「こいつをゴミ箱めがけて放り投げたり、誰かに命じて捨てに行かせたり、誰かをカネで雇って捨てに行かせたり、そもそもゴミくずを放置したりするね。だけど、なかには重い腰を上げて自分で捨てに行く人間もいる。ゴミくずという問題がややこしくなるほどそういった人間も少なくなっていく」

「人ってなんで面倒くさがっちゃうんでしょう」

「その答えは簡単なようで簡単じゃない。人も生き物である限り、寿命と関係してくることには本能的に慎重になるんだよ。体力を削らなきゃいけないことや、時間がかかることにはね。そういったことに対して人に内側からストップをかけるのが面倒くさいという感覚じゃないかね」

「では寿命そのものがなくなったら、人は面倒くさがらなくなりますか？　例えばロボットみたいに」

「――どうだろうね。命が永遠にあると思えば、考え方はガラリと変わっていくはずだよ」

千晶は千鶴に目をやった。

「わずらわしさは、二つのものを生むよ。一つは衝突だ。二人の仲違いから、国レベルの紛争まで。あたしゃ衝突の根底には必ずわずらわしさがあると思ってる。自分の欲求を満たそうとするとき、いつだってじゃまになるのがルールだ。ルールを守っている限りは衝突は起こらない。でもいちいち守るのがわずらわしくなって、ついつい破ってしまう。そして他人と、仲間と、恋人と、夫婦でけんかになる。国と国さえも。あたしとサクラの関係なんてそうだろ。お互い地道な対話というものができないんだ。対話で解決するっていうのが人としてのルールってもんだろ。相手を承服させたいっていう欲求を最初は抑えながらも、対話を続けるのがだんだんわずらわしくなっていって、手っ取り早く片をつけようとする。暴言や大声でねじ伏せようとするんだ。そうして衝突になる」

千晶が顔の横で箸をクロスさせたり開いたりして話した。

「なんでこんなふうに考えるようになったかって？　そりゃあたし自身が若いときにさんざんトラブルメーカーになってたからさ。サクラの比じゃなかったね。そんなあたしにあるときこんなことをアドバイスした人がいた。面倒くさいっていう気持ちを、半分だけでいいから抑えなさいってね」

マドは瞬きをもってうなずいた。千晶は梅酒のグラスに一口つけ、また千鶴のほうに目をやった。

「そしてもう一つは、科学技術だ。マドのいうとおり、人々がわずらわしさをいとわなければ、機械や装置は生まれなかっただろうね。電話なんていらないじゃないか。その人に直接会いに行けばいい。ワープロだって必要な分だけ手で書けばいい。ダイエットしたけりゃ運動すればいい。けれどしんどい、面倒くさい、誰かなんとかしてくれ。そんな要求に応えようと、科学者や技術者と呼ばれる人間はいろんな便利なものを発明してきたんだ」

「でも科学者や技術者は面倒くさがり屋ではつとまりませんよね。伝統工芸士と同じで」

「尻をたたかれてきたんだよ。カネだけは持ってる面倒くさがり屋の一般ピープルに。わずらわしさは争いの母であり、発明の母でもあるよ」

あらかた食べ終えた頃、作業台の上でモニターに変化があった。再構築の処理が完了したようだ。千鶴の肩が小刻みに振動しているのはさっそくもがいているのだろうか。

「千鶴は此先ファクトリーズで戦争を起こした。しかしあれは人が起こした戦争だといいたかったんじゃないかね。わずらわしさを感じないロボットは衝突を起こさない。衝突を起こすのはいつでも人だと。どうだい千鶴！」

そんなに大きな声で呼ばなくてもいいのに。千鶴が千晶からモノアイを逸《そ》らしてこちらに首を動かしてきた。

「マドや。千鶴を、サクラの椅子に座らせてやってくれないか」

「はい」

「コードがいっぱいささってるけど、抜けないようにね」

マドが作業台に歩み寄ると千鶴が両腕をわずかに持ち上げた。

千鶴を固定していたスタンドのアームを外す。渦《うず》を巻いているコードを確認し、じゆうぶんに長さを確保してから慎重に抱き上げてやる。バッテリーを外してあるとはいえ重い。エレベーターの昇降路から上げるときなどはたいへんだった。

椅子に座らせてやると食卓の高さにちょうど頭の部分だけが出た。マドは千鶴の左隣に座った。

「千鶴、あたしがわかるかい」

「……お母さん」

ひかえめな口調だ。いつ千晶に怒鳴られるのかとビクビクしているのだろうか。

「そっちの兄ちゃんはマドという名前だ。千鶴の兄ちゃんだと思えばいい」

「……マド兄ちゃん」

横を見ればモノアイの視線に眉間の辺りを貫かれた。

「とにかくよく帰ってきたね」

「ただいま」

今度は一転して明るいトーンの声だ。クレイン1とくらべて千鶴は喜怒哀楽がわかりやすい。

「話はだいたいマドから聞いたよ。エラい所に隠れてたもんだね。もうあの工場は解体が始まったんだ。いまごろ千鶴はがれきの下敷きでぺしゃんこになってるところだ」

「マド兄ちゃんに連れて帰ってもらった」

「ツルちゃんていうクレイン1にあの場所を教えてもらったんだ。本当にギリギリだったよ。運が良かった」

「ありがとう」

「明かりもないところで毎日折り紙してたんだって？　千鶴がもってる機能だと……、できるかもしれないね。量産機のマニピュレーターじゃ精度が落ちるから無理だ。それにしても千鶴が鶴の折り方を記憶していたとは知らなかったよ。あたしが一度でも見せたことがあったかね」

「あたしの一歳の誕生日に折ってくれた。お母さんは千羽鶴の話をしてくれた。千羽折ると願いが叶うっていった」

「……したかもしれないね。それで、なんでひとりぼっちで鶴を折ってたんだい」

「願いを叶えるため」

「どんな願いだい」

「人になりたかった」

マドは小さく息をのんだ。食卓をはさんで千晶は顔色《がんしょく》を失いかけている。千鶴の胸の辺りからこもったビープ音が聞こえた。それきり静まりかえった食卓の上でときおりマドと千晶の目線だけが交錯した。

これは千鶴がロボット戦争を起こした動機を大きく誤解していたようだ。千晶もいうように衝突を起こすのは人であり、ロボットは起こさない。千鶴は人になりたくて戦争を起こしたというのか。

「千鶴のこうだと思う、人の定義ってなんだい。人しかもってないものってなんだい」

千晶がたずねた。すると千鶴はなぜかこちらを見上げてきた。

「心かい？　人しかもっていないもの、それは心だろ？」

千鶴は小さく首を横に振った。

「人だけが、この世に〝分かれ道〟を築ける」

分かれ道とはサウザンド・レポートのなかでさんざん使われていた言葉だ。

「その分かれ道のことを、ボクたちは分水嶺と呼ぶようになったんだよ。千鶴は知らないだろうけど」

「ブンスイレイ……。人だけが、ブンスイレイを生みだせる」

　マドは千晶に目をやった。

「お母さん、市の職員の人もいってました。人の住まない場所に分水嶺は存在しないと。しかしこれは最近になってわかりはじめたことです。それを千鶴は何年も前から知っていた」

　マドは千鶴の目を覗きこんだ。

「しかも人が生みだすだって!?」

「……この世は神様が創った。神様が決めた運命にしたがってみんな生きている。未来も決まっている。けれどこの運命を変えられる生き物がいる。それが人。人だけが神様が決めた運命を変えられる。人が自分の運命を変えたとき、自分で運命を切り開いたとき、分水嶺は生まれる」

　マドは再び息をのんだ。

　ユニークな説というか、斬新な世界観。しかし分水嶺という摩訶不思議な存在を受けとめるだけのキャパシティはもっていそうだ。おそらくこれがサウザンド・レポートの続きなのだろう。

「なんで人が運命を変えたときに分水嶺が生まれるんだい？」

千晶がたずねた。

「神様が怒るから。神様が決めた運命を人が勝手に変えたといって怒るから。だから神様はその人の運命を元に戻そうとして分水嶺を生む――」

千鶴は語る。人の行為が神に分水嶺を生ませる。人が自分の運命を変えると、その反作用をもった分水嶺が生まれる。大きく運命を変えるほど、分水嶺がもつ反作用も強力になる。その人がその分水嶺を持ち続けていると、せっかく変えた運命が時間をかけて元に戻されてしまう。具体的には分水嶺がその人に起きる出来事の確率をかたよらせることによって。そしてその人の運命が元に戻ったとき、分水嶺は効果を失う。

「――あたしは一日一羽、鶴を折った。けれど千羽折っても分水嶺は生まれなかった。千羽目の鶴が分水嶺にならなかった。運命は変わらなかった。願いは叶わなかった。あたしは人になれなかった。二千羽折ってもダメだった。お母さんは嘘をついた」

「……ごめんよ」

千羽目の折り鶴が分水嶺になれば、千羽鶴への願いが叶ったことになる。分水嶺は人にしか生みだせないというので、千羽目の折り鶴が人になった証明になる。しかし現実は残酷だった。

熱いものが喉までこみ上げてきている。千晶の口からはじめて千鶴の存在が語られたときから、母と〝マド〟の関係と心のどこかで結びつけていた。

「どうして、千鶴は人になりたかったの？」

「お母さんの娘になりたかった。お母さんはロボットのあたしを手放した」

ふくらみかけた鼻を押さえると勝手に涙が落ちた。保育器の中で〝マド〟もなにかを願っていたのだろうか。

千晶のくちびるも震えている。千晶も千鶴のことを娘のように思っていたのかもしれない。だからロボット戦争のときに危険を承知で駆けつけたのだろう。

千鶴は椅子の上で静止している。入念に研磨されたモノアイは、にじむことなくシャープな光沢のみを帯びている。

マドは椅子から立った。なにもいわずに千晶の横を過ぎ、そのまま勝手口の扉を出た。

サクラのスクーターは、まだ戻ってきていない。戻ってきて、なにも知らずに入っていってはいけない。デリカシーのない彼女は親子水入らずの時間をぶちこわしてしまうだろう。

マドは階段の下に立って見張っておくことにした。しかしその必要はなかった。結局その夜、サクラは帰ってこなかったのだ。その次の夜も。

「グループの仲間内で、トラブルになったんじゃないかと思います」

「……そうかい」

「すみません、ずっとだまってて。べつに口止めされていたわけではないんですけど」

「いいんだよ。マドにはマドの、人間関係ってものがある」

千晶は受付カウンターから外の様子をぼんやりと見つめた。

「どうするんですか？　警察にでも……」

ちょうど事務所の前をミニパトカーが横切った。サイレンは鳴らしていなかったが赤色灯を明滅させていた。

「サクラは成人した大人だ。大人っていうのは家出をするのも行方不明になるのも自由なんだよ。だから警察は事件が起こる前から人捜しはしてくれない」

「だったら、なにができるんでしょう」

「あたしゃここで待つだけだよ。あの子が帰ってこられる場所を、ずっと空けておいてやるだけだよ。最初っからそうだったんだ。いまのあたしにゃそれしかできない」

千晶がカウンターテーブルの上でこぶしを握りしめている。

包容力のみで補おうとしている。それもまた無力な人間に残された手段だ。

「サクラさんて……、なんでこの家にきたんですか？」

「サクラのことは、サクラから聞くんだね。あたしもマドのことは、サクラにはほとんど話していないんだ。マドのことを知りたければマドから聞けと、あの子にはいってある」

「……そうだったんですか。すみません」

サクラからは過去のことを根掘り葉掘りたずねられた。それは千晶からサクラになにも話さなかったからだったのか。

「――だけどあたしとは、過去が少し似ている」

千晶が眉を垂《た》らして口を開いた。

「あたしがマドくらいのときはかなり悪《ワル》だった。その手の矯正《きょうせい》施設にも一度入ってる」

マドは千晶から目を逸らしかけて戻した。

「教官が運良くいい人で、自分でいうのもヘンだけど、かなりまともになったほうだと思うよ」

サクラもあゆみ地区にくる以前はなんらかの施設にいたのかもしれない。

「マドとサクラにも似ているところがあるね」

「サクラさんとボクが？　どこが似ていますか？」

「マドは優しいし、サクラも根《ね》は優しい子だ。優しいから、身を引いちゃうところがあるだろう。相手や、グループや、社会がイヤなら自分が身を引いてしまう。相手を力ずくで変えようとしない。サクラをごらんよ。とげとげしい言葉は口にするけど、最後は自分が逃げて次から次に仕事を変えてばかりだ。マドだってそうだろう。あゆみ地区は現実社会とは段差のある場所だよ。本当は帰りたくないって、いったじゃないか」

確かにそこがたった一つサクラに共感できる点だ。たった一つだが、極めて強い。

「マドもサクラも最後には世界の隅っこでひとりぼっちになりそうで、あたしゃそれが心配だよ。千鶴は神がいるといったね。だけどマドやサクラのような人間を救ってくれる神は、今日まであたしがこの目で見てきたかぎりはいなかったよ。どこかで自分を社会にずうずうしく〝ねじこんで〟いかなきゃ。グイッとね」

マドは自分の胸をわしづかみにした。

この性格がじゃますることもいつかはしなくてはならない。分水嶺が誕生するほど自分で運命を切り開かなくてはならないということか。

「ボク、サクラさんを探しにいきます」

「無茶だけはするんじゃないよ。マドはふだんは慎重だけど、いざというときには自分を見失うところがあるからね」

マドはすぐに自転車に乗って飛びだした。

気をもみながら帰りを待つよりはよっぽどいい。もう仕事がないので探す時間だけはいくらでもある。とはいえ、サクラがいそうな場所にはまったく見当がついていない。彼女のことをあまりにも知らなさすぎる。

今日からカレンダーは一〇月。工房では秋の工作教室も始まる。チラシ配りで生徒を集められたのは良かった。良かったといえば千鶴を発見できたのもそう。あゆみ地区と別れるのは辛《つら》いが、やり残したことはないと思っていた。それなのになかなかすんなりとはゆかないものだ。

しかしじつはサクラとの人間関係こそが、このあゆみ地区で解決しておかなくてはならない一番の問題だったのかもしれない。今日まで一緒に暮らしてきておきながら彼女のことをほとんど知らずにきた。

工房エリアの周りを一度グルッと走った。サクラが使わないメインストリートも走った。顔見知りの職人を二人見かけたがたずねることはできなかった。サクラもふだんからみんなと仲良くしておいてくれないとこんなときにこっちが困る。

まだ一〇時前だからか、焼き物工房に観光客の目立った人影はない。しかし一時期は四日市萬古焼《ばんこやき》の工房にはオープン待ちの人だかりができていたのだ。マドは横目で見ながら通りすぎ、しばらく進んだところで自転車をとめて振り返った。

あの日、分水嶺の急須《きゅうす》はガラスのような音を立てて砕けた。その価値は闇取引価格で三億円以上だった。だからインターネットで話題にもなったし、あゆみ地区で有名な工房になった。

　その日を境に四日市萬古焼の工房を中心とした状況が大きく変化した。千鶴は人が運命を変えると分水嶺が生まれるといった。ということは、分水嶺の急須を壊した瞬間にまた新たな分水嶺が生まれていても不思議ではない。しかしあのとき市の職員たちは三台もの乱数発生装置を働かせていたのでその場で感知していたはずだ。つまりあれほど大胆なことをしたにもかかわらず分水嶺は生まれなかったことになる。

　急須が壊されることも、あらかじめ神が定めていたシナリオだったのだ。

　自分の本来の運命などわからないのだから、運命を変えようにも変えようがない。自分では変えたつもりでも、それが運命だったのかもしれない。分水嶺は人の行為によって生まれるが、狙って生みだそうとしても無理だということだ。

　交番を二つ覗き、此先駅の駅前も探しにいった。もう千晶が電話でたずねているはずだが、サクラが働いていたホームセンターにも直接確かめにいった。

　やはりサクラは仕事を辞めていた。店員は終始迷惑そうな表情で答えた。クーラーボックスの店頭販売を終えたまさにその翌日らしい。

　郵便局の向かいのコンビニエンスストアにもいない。サクラも一箇所にとどまらないだろうから入れ違いになっている可能性はある。ただしスクーターを使っているはずなのでバスやタクシーに乗ることはほぼない。彼女の姿よりもスクーターを目印に探したほうが発見は早いだろう。

いちおう公衆電話からサクラの携帯電話にかけてみた。朝はまだ電波が通じていたのにいまは通じなくなってしまっている。

(もう昼すぎか。いっぺん帰って出直そう)

視界を広く意識しながらゆっくり引き返した。せめて着ている服の色だけでもわかればいいのだが、広海が帰った日は朝からサクラを見ていない。二階の玄関に夏に履いていたサンダルが残されていたので、いまは秋の……どんな靴だろう。

そろそろあゆみ地区に入ろうかという辺りで、駅のほうを目指して歩くとある若い女とすれ違った。

マドは交差点の手前で自転車をとめて振り返った。すると女も振り返って明らかにこちらを見ていた。

見覚えがあるのに、思いだすことができない。しかも重要人物だ。女も眉を力ませている。やはり思いだせないらしい。もどかしい時間はしばらく流れた。

マドは自転車を降りると押して近づいていった。

「どこかで、お目にかかりましたっけ」

「やっぱりそうよね。五、六日前……満月の日だわ！」

「ひょっとしてクリーニングのお客様ですか？　パーティドレスの」

引っ越した小曽根の隣に住んでいる女だ。いまは髪をアップにしている。あのときは首にスカーフを巻いていたので印象がかなり違う。

女の目つきが急に変わった。強い足取りで歩み寄ってくるのでマドは立ち止まって背筋を伸ばした。

「この前のことと、ちょっと関係があるんじゃないかと思って」

「どういうことでしょう」

「あなた隣の住人について私に聞いたわよね」

「はい」

「それで私は夜逃げみたいにパッと引っ越したって答えたわよね」

「そうです」

「昨日の晩ね。晩といっても深夜よ。知らない二人の女が急に家を訪ねてきたの」

すぐにサクラの顔が思い浮かんだ。

「どういった用件で」

「ちんぷんかんぷんで私もよくわからなかったわ。『キッドさんいますか？』って、いきなり聞いてくるのよ？　わけわかんない」

「キッドさん？　それ、たぶんお隣の小曽根さんのことです。なぜあなたの家を訪ねてくるんですか？」

「こっちが聞きたいわよ。だいたい隣人の名前自体知らないし。ウチのアパート、誰も表札出してないんだもの。だからあの二人の女も一階と二階の扉を全部たたいて回ってたんじゃないかしら」

「そ、それでどんな女の人でした？」

「ガラも態度も悪い女たちよ。美人なほうは二十代なかば、もう一人のチビはあなたと同じくらいよ。ヘンな服を着てたけどね」

サクラと、廃工場の屋上から見た中高生くらいの女の子だ。

「私がかくまってるとでも思ってるのかしらね。明け方にまた扉をたたいてきたわ。覗き穴から確かめたら、そのときはチビのほうだけだったけど。私、いまここにくる途中でもそのチビの姿を見てるのよ？　また家にくるんじゃないかしら。本当に迷惑」

「ボク、いまから様子を見てきます。小曽根さんの服を店で預かっているんで、なにかがわかるかもしれません。ちなみに女の子ですけど、どんな色の服を着てましたか？」

「フリル付きの黄色のミニスカートとニーハイのソックスをはいてるから遠くからでもひと目でわかるわよ」

「ありがとうございます」

「ちょっとあなた。いまからウチのアパートに行くんだったら、玄関の鍵を確かめてみてね。裏に回って窓も確かめて。もし中に入ってるようだったら、警察に通報しちゃって。お願いしたわよ」

「わかりました」

マドは自転車にまたがるとペダルを強く踏みこんだ。

サクラともう一人の女の子は小曽根が引っ越したことを知らないのだろう。それに知っていたのは住んでいるアパートだけで、部屋までは知らなかった。二人は見ず知らずの人の部屋を深夜に訪ね回った。確かにふだんのサクラには礼儀をわきまえないところはあるが、これはさすがにいきすぎている。

小曽根がとってきた行動もふつうじゃないし、サクラたちの行動もふつうじゃない。ふつうじゃないことが、高価な分水嶺をめぐると当たり前のように起きてしまうのかもしれないが。

気がかりなのは、明け方にアパートを訪ねてきたのが小柄な女の子だけだったという点だ。そのときにサクラはどこにいたのだろう。

やましいことをしているとこんなときに警察に助けを求められない。しかし命を奪われるくらいならば逮捕される覚悟で交番に逃げこんだほうがいい。

マドはアパートの前に自転車を乗り捨てると通路の様子を見にいった。小曽根の部屋の玄関扉にはポスト口に宅配便の不在通知がはさまっている。よく見ればそれは二枚に増えていた。

隣の女の部屋に進み、そっとドアノブを回してみる。鍵はかかっているようだ。息を殺して扉に耳を当ててみる。――特に人の気配はない。

マドはアパートの裏側に回ってみた。しかし女の部屋は窓のカーテンが閉まっており、中の様子が見えない。初めから閉まっていたのか、別の誰かが閉めたのか、それ以上のことはわからない。ちゃんと聞いておけば良かった。

小曽根の部屋もカーテンが閉まっている。夜逃げのときに焦《あせ》って取り忘れたのかもしれないし、まだ住んでいるかのように見せかけているのかもしれない。

(どうしようかな)

アパートの前で待っていればサクラはもう一度くらいはやってきそうな気はする。しかしこの辺りでウロウロしていたらこっちが不審者と怪しまれてしまいそうだ。この近所を自転車でグルグルと回るしかない。

マドはひとまず表に戻った。

(あれ?)

自転車の横に見覚えのないスクーターがとまっている。さっきまではなかったはずだ。ハンドルのグリップがホワイト。ナンバープレートが折られて見えにくくなっている。そしてラメ入りのキラキラとしたシート。

どこかから物音が聞こえてきた。マドは通路の様子を確かめにいった。するとやはり黄色のミニスカートをはいた女の子の姿があった。小曽根の部屋の隣——女の部屋の扉をたたいている。

中高生だと思っていたが実際はもっと上のようだ。その横顔から受ける印象は自分と同い年どころかサクラの年代に近い。

しかし、肝心《かんじん》のサクラがいない。

マドはジッと女を見つめて近づいていった。特に足を忍ばせているわけでもないのに女はこちらの気配にまったく気づかない。少しうなだれ気味になって扉をたたいている。

「レンさんですか？　それともシナモンさん？」

マドは声をかけた。とたんに女は背中をピンと硬直させ、恐る恐るこちらに顔を向けてきた。ほんの一瞬で顔が青ざめてしまっている。

「——誰？　あんた」

なにをさえぎろうというのか、女は両手を顔の前に構えた。

「落ち着いてください。ボクはただの一般人です」

「……ダークホースじゃ、ないってことね」

「ボクはそういう組織の人間じゃありません」

「じゃあなんで私とシナモンの名前を知ってるのよ」

　女が半歩踏み出してきた。

「つまりあなたはレンさん？」

「だからなんで私の名前を知ってるの」

「キッドさんの部屋でしたらここではありません」

「キッ……」

「こっちの隣です。もう引っ越してます」

「ウソでしょ!?　どこ行ったっていうのよ」

「それはボクにはわかりません。二週間くらい前にはいなくなっているはずです。あなたたちが夜の廃工場にやってきた、その二、三日後です」

「なんでてめえがそれを知ってんだよ!!」

　一気に言葉遣いが乱れて胸ぐらまでつかんできた。

「てめえが盗んだのか!!　ああ!?　クソガキなんとかいってみろ!!」

「ボクじゃありません。あなたのいう盗んだものがなにかはわかりませんが、仮にそうだとしたらキッドさんはいなくなるんですか？　取り返そうとするのがふつうじゃないですか？」

「四つで三億だぞ！　ダークホースから一億分借りたんだぞ！　それがなくなったらキッドもビビって逃げるわ！」

「冷静になって考えてください。ボクがそんな大それたことをしたんなら、ここであなたに声なんてかけませんよ。キッドさんはあなたになにもいわずにいなくなったんでしょ？」

「とにかくてめえこれから一緒にこい。幹部の前で洗いざらい話せ。でないとこっちが殺されるわ」

「その前にシナモンさんの居場所を教えてください」

「てめえシナモンのなんなんだよ」

「家族です」

「ふざけんな。そんなの聞いたことないわ。家族に〝さん〟付けすんのヘンだろ。顔ぜんぜん似てねえし」

「どこにいるんですか」

レンがスマホを取り出して電話をかけようとした。マドはすかさず取り上げて頭の上にかかげた。レンはこぶしを腹に当ててきたが小柄なので大したことはなかった。

「返せ！」

「どこにいる！　こっちだって真剣なんだ！」

「もうどうなったかなんて知らねえよ！　原付《げんつき》ごと車にはねられたわ！　落とし前よ！」

「なんだって!?　どこでだ！　案内しろ！」

マドはレンの首根っこを右手でつかんで歩かせた。

女とは、なんと力が弱い生き物なのだろう。マドは自分が自分でないような気がした。男が女にこんなことをしていいわけがない。しかしサクラが生きているともわからないいま、このレンだけが元気な姿でいるのが許せなかった。

「放せ！　てめえが殺す気か！」

「どこだ。ここから遠いのか」

「シナモンはぶっ飛ばされたけど、そのときはまだ死んじゃいねえ。工場のほうにフラフラ逃げていって、突然パッと消えたんだ。暗くてもうわからなかった」

「そんなに時間が経ってるのか」

明け方にさっきのアパートを訪ねたのはこのレンだけだ。そのときにはもうサクラは車にはねられていたのだろう。

レンが爪を立ててきたのでマドはたまらず首から手を放した。そして今度は左手に嚙《か》みつこうとしてきたのでスマホを返した。

「例の工場の手前か、それとも向こうか」

「うんと向こうだよ。それよりてめえ、シナモンの家族っていったな。このままタダですむと思うなよ」

もう一度首根っこをつかんでやろうと思ったらレンは突然紙吹雪を目の前に舞わせた。それは何枚もの、一万円札のようだった。マドはうかつにもその光景に目を奪われた。そうしているうちに、レンはスクーターにまたがるとヘルメットもかぶらずに走り去ってしまった。

ちょっとした忍術だ。マドは口をポカンと開けたまま見送ることしかできなかった。こういう状況には慣れているのだろう。地面に落ちたお札はすべて真ん中で破られている。集めて合わせると一万円札が八枚と千円札が七枚。これがトカゲのしっぽ切りならばよほどの大金をまだ隠し持っているのだろう。

まったくろくでもない女だ。どれだけ薄っぺらい関係でも、サクラは危ない橋を一緒に渡った仲間のはずだ。その安否を確かめようともせずに、自分だけが助かろうとする一心で小曽根の存在に希望を託している。

マドは自転車のペダルをこぎだし、此先ファクトリーズの沿道をひた飛ばした。廃工場のもっと先でサクラははねられたといっていた。それが本当ならまだ道路に彼女のスクーターが残っているはずだ。その場所を起点に探すしかない。

しかしサクラが工場跡地に消えてから八時間は経っている。それなのに帰ってこないのはどうしてなのか。大けがをしているのかもしれない。せめて野ざらしになっていなければいいが。

サドルから腰を上げてペダルをこぎ続けた。軽ワゴン車を走らせるおかみさんの隣に座っていれば三分で着く距離が自転車ではなんと遠く感じることか。視界の果てまで黄色の点滅信号が続いている。そのシグナルがいまという状況を警告してきているように思えた。

千晶の気持ちがだんだんわかってきたような気がする。千晶はサクラの帰ってこられる場所を空けて待っているだけだといった。それしかできないのだろうし、きっとそれ以上を望まないのだろう。最終的にサクラが生きて帰ってきてくれさえすればいいと思っている。

傘を並べて歩いた日から、サクラの代わりに一緒に歩いてきたものがある。それは心とはなにかという問題。その答えにはまだたどり着けていない。

ヒントならいくつもあった。

近道を行こうとするのは生き物の本能。心と深い関わりを感じてきた伝統工芸の仕事。人々が此先ファクトリーズに期待したものづくりの未来のかたち。千晶たち技術者が造った一機の試作機とそこからコピーされた量産機。分水嶺が浮き彫りにしたダンキストという現代人の精神。しかし現代人だからではなく、人は生き物である以上は誰もがダンキストだという。

千鶴が折った折り鶴にはそこにこめられた心を錯覚させられた。ただしそれは千鶴がＡＩと〝心〟をもっていたからではない。従来のロボットが折ったものでもだまされていただろう。ていねいな仕上がりに費やされたなにかから心に通じるものを感じるからだ。

マドは左手に広がる此先ファクトリーズの跡地に目を向けた。

（お母さんたちは、ロボットの心を乱数発生装置で作ろうとした）

どれだけＡＩが発展してもそこから心は生まれないという意味だろう。しかし千鶴たちにあたえられた心も人の心とは機能が違う。千鶴たちの心は乱数であり、もがくための波だ。

ではもがくための波とは誰が考えたのだろう。千晶だろうか。設計事務所の社員か、開発に参加していた技術者。その人はきっと心の正体を知っていたに違いない。擬人化させたロボットの仕組みとは必ず人の仕組みがヒントになっているはずなのだ。

（心はもがくもの。人はなにに対してもがくんだ？）

体が躍るほどしゃにむにペダルをこいだ。もがくことで答えにたどり着けるなら太ももの悲鳴にも耐えてみせられるのに。

いま、廃工場の横を走り抜けた。建物がすっかりがれきの山に変わっていた。ロボット戦争を思い起こさせる一番の景色がこれでなくなった。何機ものクレイン1が様々な方向を向いて停止したあの印象的な光景は、この先は記録映像だけが語り継いでいくことになるのだろうか。

あのときクレイン1たちはみずから活動システムをフリーズさせた。千鶴によって書き加えられていた攻撃プログラムの終了条件が「発電施設の損壊」になっていたのだ。ＡＩという考える力をもったクレイン１も、最後はプログラムにしたがう昔のロボットに戻っていた。

（プログラム……。そうか、プログラムに対してもがくんだ）

マドは強いまなざしで前方を見つめた。

やがて路面が少し荒れはじめた。キラキラとしたなにかがところどころに散らばっており、タイヤが踏むとプツッと弾けた音を立てる。

スクーターの破片だろうか。少しでも原形をとどめていてくれたらいいが。

この辺りは此先ファクトリーズの東の端。沿道をはさんで向かい側に隣接する町並みはもうあゆみ地区ではない。

（あれか？　あれだ！）

車道の脇にスクーターがヘッドライトをこちらに向けてスタンドを立てている。誰かがそこに移動させたのだろう。

ミラーがついていないようだ。前面を覆うカウルもなくなってフレームと配線がむき出しになっている。

マドはスクーターの後ろに回ってナンバーを確かめた。

（間違いない。サクラさんのだ）

自転車をそのまま横倒しに捨て、ロープが張られた立ち入り禁止の工場跡地へ飛びこんだ。

草むらが膝《ひざ》の高さまであって靴はすっぽり隠れてしまう。しかし背丈の高いススキなども群生していなくて見晴らし自体はいい。明け方のぼんやりとした明かりさえあれば遠くまで見渡せそうな一帯だ。

しかしレンが奇妙なことをいっていた。サクラの姿は突然消えたらしい。深夜なので明かりといえば沿道に並ぶ電灯だけだ。それでも草むらの奥へ逃げていく影がパッとなくなるものだろうか。

かつてここに工場が建っていたことを思わせる面影はない。やや遠くに見える樹木が直線的に立ち並んでいるくらいだ。そこに道か建物があったのだろう。

なにか大きく平らなボードが置かれている。プレハブ小屋のパネルだろうか。それ以外は地面に横たわっているような影はない。

マドは沿道のほうを振り返った。深夜は電灯から遠ざかるほど暗くなる。足下を照らすライトがなくては敷地の果てまで駆け抜けるのはまず無理だ。近くで動けない状態になっているのではないだろうか。

「サクラさん！」

大声で何度も呼んだ。まったくこだましない声がむなしく秋の空に溶けてゆく。しかしやはり近くにいそうな気はしている。「早く助けて」といっている。

（なんだいまのは……）

ふとなにかを感じて足をとめた。周りをゆっくりと見渡してみる。

——既視感《デジャビュ》のようだが少し違う。なにしろ周りの風景にはまるで見覚えがない。まさかと思い、マドは眉を力ませた。息を殺し、あらためて目を右から左へ少しずつ動かしていく。

この一見平坦な草むらの中に必ず不自然な箇所があるはずだ。サクラはきっと〝地下〟にいる。穴に落ちたに違いない。突然消えたとはそういうことだ。

マドはもう一度沿道のほうに戻って手前から入念に探していった。必ずしもスクーターがとまっていた場所からサクラが敷地に入ったとはかぎらない。おそらく彼女はスクーターで沿道を逃走しようとして、追いかけてきた車に後ろか横からぶつけられたのだろう。転倒したあとにスクーターだけがひとりでにアスファルトを滑っていくことは考えられる。

「おっと!!」

なにかに足が引っかかって転んでしまった。

（なんだ、びっくりさせるなよ）

地面に鎖が落ちている。錆《さ》びついていて光沢がない。辺りをよく見れば杭《くい》が何本か雑草に隠れていた。かつては杭の間に鎖が張られていたのだろう。

（ということは！）

四つん這《ば》いのまま草むらを進んだ。するとその先には地面が陥没してできたにしては不自然に切り立った巨大な穴があった。

下を覗きこみ、マドは目を丸くした。そこにサクラの体はあった。

「サクラさん!!」

まったく反応がない。電池が切れたおもちゃのロボットのように。マドはいっそう目を見開いた。

「いま行きますから！」

体をねじりながら両脚を穴に下ろしていき、いったん地面を両手でつかんでぶら下がった。

つい先日見たばかりの光景だった。あの昇降路の底までの深さともほぼ同じ。壁に背中を預けて両脚を前に伸ばしている体勢が千鶴とそっくりに見えた。

サクラの位置をもう一度確認してから両手を放して着地した。

腰を落として片膝をつき、うなだれたサクラの頭を下から覗きこむ。

「サクラさん！」

顔に血色《けっしょく》はある。眉の上に出血のあとはあるがいまは血はとまっている。デニムのジャケットを左のふくらはぎの下に敷いている。少し浮いているのはヘルメットを枕にしているのだろうか。靴を脱いでおり、その足首は青紫色になって大きく腫《は》れていた。

「サクラさん」

肩を優しく揺さぶったつもりなのにサクラは悲鳴をあげて目を開けた。

「誰!?　……マド……」

サクラが首をかしげ、眉を垂らして白い歯をこぼした。彼女が今日までに見せたことがない表情だ。

「サクラさん、もう大丈夫です」

「……とっくにあきらめてた。原っぱをちょっと走ったらいきなり落ちて、気を失って、気づいたら体が死ぬほど痛くて、夜が明けて、頭の上だけが明るくて、地面があんなに高いんだって知って、上るのは無理だと思って、痛みがどんどん強くなっていって、ちょっとマシになったから眠ってたところ、かな」

声がかれている。疲れもその声にあらわれている。いまは孤独の不安から解放されてホッとしたのだろうが、満面の笑みを浮かべる手前で強いブレーキがかかっている。

「……でも、もし誰かがきてくれるとしたら、それはマドしかいないと思ってたよ」

マドはうなずいた。

「さ、帰りましょう」

「帰るって、道具はあるの？」

マドはとたんに目を泳がせた。

「ここ、脱出不能だよ？　いちおう、ひととおり見たもの」

腰を落としたまま恐る恐る振り返る。

あのエレベーターの昇降路よりもやや広くて長方形をしている。垂直に立つコンクリートの壁が四面を囲んでいる。その表面には黒っぽいコケかカビが繁殖している。足下はフラットだが大小の石がいくつも転がっている。

工場があった頃は貯水槽だったのだろうか。ペイントで引かれた目盛りの線が壁にうっすらと残っている。しかし水路の穴がない。底の四隅に猫が出入りできるくらいの大きさの排水溝《はいすいこう》ならある。水たまりがないところを見ると雨水はそこから流れでているようだ。

地上に大きなボードが落ちていたことを思いだした。あれはプレハブ小屋のパネルではなく、人が落ちないようにこの穴をフタしていたのかもしれない。それが台風などの強風で飛んだのだろう。

マドはコンクリートの壁を確かめていった。

取り返しのつかないことをしてしまった。頭から血の気が引いていく。冷たくなった顔を手でこすり、震えそうになるくちびるを強く噛む。地面がずいぶん高い位置にある。上から見たよりも落差が広がったような気がする。サクラの目を盗んで何度かジャンプしてみたがまるでダメだった。指先すら引っかかってくれない。

千鶴を発見したときとそっくりだったが、いまは広海もいないしロープのはしごもない。

目の前の出来事にとらわれてそれ以外が見えなくなっていた。広海をサポートするときにはあれほど慎重でいられたのに自分が主体になるとこのざまだ。事務所を出るときには千晶からも忠告されてきた。しかしその忠告もいざというときに頭から飛んでしまっていてはどうしようもない。

「サクラさんの携帯電話は？」

「カバンごと、スクーターのトランクに入ってると思うわ」

「肩車をしますから、上れませんか？」

サクラは結んだ口を右に左に動かしつつ、目つきだけは鋭いまま地上をにらみ続けた。

「左足がこのとおりでしょ。たぶん折れてるわ。あと、左肩が痛くて腕が上がらないのよ。マドの上に片足で立っても、無理」

マドは肩を落としかけては背筋を伸ばし、空を仰ぎかけてはコンクリートの壁をにらみつけた。五体満足の自分が弱気になってしまってはサクラを絶望させてしまう。

「それにしても、よくここがわかったわね」

　事務所を出てからここにたどり着くまでのいきさつをサクラに聞かせた。そして新月の夜に廃工場の屋上から見たことも、小曽根のジャケットのこともすべて話した。

「――やっぱり裏切られたのね。レンにも、サンゴにも、キッドにも」

「サンゴとは?」

「マドが工場で見たっていうもう一人の男よ。アルビノキャメルね。私を車で追いかけてぶつけたとき、ハンドルを握ってたのがサンゴだった。幹部とサンゴを呼びだしたのはレンよ。私をいけにえにしようとしたのね。キッドは最後の最後に分水嶺を持ち逃げ。面倒見が良くて、ヤバい場面では囮《おとり》になってみんなを逃がしてくれたこともあった。いままで時間をかけて周りを信用させといて、ひそかにビッグチャンスを待ってたんだわ」

「なんでそんなろくでもない連中とつるんでたんですか?」

「もとはバイトの居酒屋で知りあったのよ。遊んでたら愉快《ゆかい》で面白い連中だったわ。だけどね、マド。これだけはおぼえておきなさい」

　サクラが鋭い目つきで見上げてきた。

「楽しみばかりをともにしてきた人間は、そのときがくれば必ず裏切るわ。大ピンチのときに裏切るってこと。だから苦しみもともにできる仲間をつくりなさい。苦しみをともにしてきた人間は、裏切らないから」

いつのまにほおを伝ったのだろう。サクラのあごから涙と思われる滴《しずく》が落ちた。

「私、これで二度目なのよ。裏切られるのは。以前は詐欺の片棒を担がされて、いわゆる臭い飯を食う羽目になったわ。あゆみ地区できれいに出直そうと思ったのに、私ってダメね。他人と折りあいをつけるのがヘタだわ。次から次に居場所を変えて、愉快な場所といったら、そこは薄汚れた者のたまり場よ。結局そこでも裏切られて、いまこうしてここにいる。ここは〝世界の隅っこ〟だと思う。地面より深いけど、あの世の浅瀬だよ」

「サクラさん……」

千晶もいっていた世界の隅。加害者になるくらいなら被害者になることを選ぶ。自分の居場所を他人に譲り、身ばかり引いていたら、いつのまにか中心から離れた端っこのほうにきてしまっていることに気づく。そこが世界の隅だ。千晶が心配したとおり、いまサクラと一緒に世界の隅にいる。

「でも世界の隅っこが最後の場所になるのも、私にはピッタリかなって思ってたところ」

「ボクは裏切りませんよ。ボクとサクラさんはタイプがぜんぜん違う人間ですけど、たった一つだけ同じなんです。その性質が徐々に自分を苦しめていくんです。――ほら、こういうのだって苦しみをともにすることにはならないでしょうか」

サクラがくちびるを噛みしめ、小刻みにうなずくとその拍子にまた涙が落ちた。そして握った右手をなにやらこちらに差しだしてきた。その手を開くと、そこには見覚えのある物があった。

樺細工《かばざいく》の、桜のブローチだ。ほんの少しだけ色に深みがでたようだ。サクラがあとから細工をくわえたのか、チェーン付きのネックレスになっている。

「これは……」

「去年くれたね。私の誕生日に。もうすぐ一年」

「……はい」

「作るのたいへんだったでしょ」

「……まあ」

「ホームセンターにイヤなチーフがいたの。なぞなぞを出してくる男がいるっていったことあるでしょ？　クーラーボックスの店頭販売もそいつに任命された。大っ嫌いだったけど、一つだけいいことを教えてくれたわ。このアクセサリー、たたみものっていう技法なんでしょ？」

「そうです」

「木の皮を薄く何重にもして、貼りあわせて、やすりでちょっとずつ削って桜の花に形作ってくれた。その気が遠くなりそうな工程を知ったとき、私の中で小さなともしびが生まれたんだ」

「ともしびって、なんですか？」

「ともしびはともしびよ。それがなんなのかわからなくて、私もこの頭でさんざん考えたわ」

「わかったんですか？」

「以前にマドに聞いたわよね。心って、なんだと思うって」

「あのときはすみません。悪いことをしちゃったとずっと気に病《や》んでました。心の問題もずっと引っかかっていました」

「ともしびの正体は、心よ。その答え合わせをしたくて、あのときマドに聞いたの」

「心とは、プログラムに反抗するものです。人間にとってプログラムというのは、本能のことです。本能に対してもがいて反抗するものが心なんです。本能ばかりに従って生きている動物には心があるとはいえません。でも人間には本能と、その本能に従おうとしない心の両方があります。生き物にとっての本能とはどんなときもどん欲に生き延びることです。食べたり眠ったりトイレに行ったり、基本的な欲求も本能です。心は、生き延びようとしたり、楽に生きようとする行為を、ときに犠牲にすることがあります。ただ生きながらえようとする以上の価値を見つけようとするのが心なのかもしれません」

「本能かあ。それは私の答えには登場しなかったな」

「サクラさんが出した答えは？」

「心って、〝命〟そのものじゃないかと思うのよ」

「命が心……」

「人間にはどうしたって寿命があるじゃない？　寿命は限られている貴重な時間よ。相手がその貴重な時間を使って自分になにかをしてくれる。マドは気が遠くなりそうな工程を踏んでこのブローチを作ってくれた。あるいは相手が命がけで自分になにかをしてくれる。マドは後先も考えずにここに飛び下りてくれたんでしょ?」

「とんでもないドジをしました……」

「だけどそこに心を感じるのよ。人が心を震《ふる》わされるときって、そこに必ず寿命と命が関係しているの。スマホのメールをもらっていちいち感動するかしら。手紙をもらったら嬉しいわ。保身に走ってばかりの人にはうんざりするし、立場をかえりみない行動に私たちは拍手を送りたいのよ」

「お母さんもいってました。寿命と関係することに人間は本能的に慎重になるって。そんなときに内側からストップをかけてくるのが面倒くさいっていう感覚だって。サクラさんが心を感じるのは、相手が本能のいいなりにならなかったときだから、ボクの心と答え合わせはピッタリです」

「――いまの世界に、心はあるのかしら」

「快適さを求めたり手っ取り早さを求めたり、その結果として生活はこの先もどんどん便利になっていきます。だけど人の内面が高度になっていっているのかというと、じつは本能に忠実で野蛮な生き物に逆戻りしているのかもしれません。生物進化で手に入れた心を手放そうとしているのかもしれません」

サクラが地上のそのまた向こうの空を見上げた。

「ここが発見されるとしたら、何日後になるのかしら。もし私が先に倒れたら、マド、あなたは私の頭を踏み台にしてでも帰りなさい。マドは私を助けにきてくれたんだから、それが私からマドにできるせめてものお返しだわ」

マドは奥歯を強く噛むと熱い息を鼻から漏らした。

サクラにうながされ、マドはようやくそのかたわらに腰を下ろした。そうすることで、彼女とそして世界に絶望を宣言したのだった。

マドはサクラの右手をとり、ペンダントを包んで握りあわせた。彼女の手は、想像以上に冷たかった。

「体の、どこが痛いですか？」

「左肩と、左の足首。でも動かずにジッとしていれば、飛び上がるほどの痛みじゃないわ。鈍い痛みがジンジンしているだけ」

「痛みが強くなってきたら、ボクの手に爪を立ててください。少しでも、ボクに痛みを分けてください」

「……わかった。そうする」

温もりをあたえ、冷たさを分けてもらう。安らぎをあたえ、痛みを分けてもらう。苦しみをともにすることを不幸と感じない。すなわちそれが幸福なのだろう。

「私が七歳のとき、お母さん出ていったんだあ。私も連れていこうとしたんだけど、私は住む家がなくなることのほうが恐くて、行かなかったんだあ。……行けば良かったかな」

サクラの右手から、力が伝わってくる。

「毎年、誕生日にプレゼントが届いた。それが数少ない楽しみだった。いま思うと、私にはませたプレゼントだったかな。銀細工のブローチとか、高そうなものばっかりだった。お母さん、羽振《はぶ》りが良かったのかも。だけど私の中で、ともしびは生まれていたのかな」

サクラがときに右手を力ませ、ときに爪を立ててくる。それはきっと体の痛みを伝えようとするものではない。心の痛みなのだろうとマドは思った。

「羽振りといえば親父がそうなのよ。金回りのいいときに女をつくるから、そんな女はカネの切れ目が縁の切れ目になるの。私が仲間とは苦しみをともにしなさいというのはそういうこと。楽しくて愉快な思い出は破局に対するバイアスにはならないの。継母《ままはは》は……、最悪だったな。家がどんどん貧《まず》しくなっていった。私は二、三日ごとに同じ服着てた。お風呂で洗って部屋で乾かしてた。でもいたのは三年くらい。短くて良かった」

マドはサクラの右手を強く握り、危うく爪を立てそうになった。彼女の心の痛みがそのまま自分の心の痛みになろうとしている。

「三軒隣のおばさんが優しかった。どうもお母さんと友達だったみたいなのよね。でもいつのまにかいなくなったな。裏のおばあさんも優しかったけど、まだ元気そうだったのに死んじゃった。神様が私の味方を次々と消していってるような気がした」

力加減が微妙に変化する。サクラの心は自分の心よりもよっぽどデリケートだ。

「ＰＴＡ会長の女にいっつもにらまれてたな。町内会長からも汚いものを見る目で見られてた。たぶんこれは親父が原因だと思うんだけど、なにがあったのかはいちいち知らない。とにかくそういう人間にかぎっていなくならないのよね」

だからサクラはイヤな人間になるまいと、自分が身を引いて消える側の人間になろうと思うようになったのだろうか。

サクラのことはサクラから聞けと千晶にいわれたが、いますぐ知りたいこととなると思い浮かばないものだ。それに絶望的な未来の前ではなにもかも軽々しい問いかけになってしまう。ならばサクラの問わず語りに耳を傾け、共感するたびに手から手に気持ちを伝えあっていたほうがいい。

二人はペンダントを包むように手を握りあわせ、希望のない時が流れてゆくことを許した。陽が落ちても、頭上で星がまたたいても、けっして手を離すことなく握りつづけた――。

救急車とパトカーのサイレンが一度ずつ近づいてきたが、どちらもむなしく遠ざかってしまった。此先ファクトリーズの沿道はいまや急いで通過するための道でしかない。やはりこの場所は誰も興味を示さない世界の隅っこなのだろう。

しかし、朝日に空が白むことはなかった。

「私、そろそろお迎えがきたかも」

「そんな……。声はまだしっかりしてますよ」

「だって幻聴が聞こえたもの。ほらいま人の声」

マドは立ち上がり、両手を耳に添えた。

——確かに人の話し声のようなものが聞こえる。

「誰かいますか!?」

伝わった手応えがない。

「誰か！　誰か助けてください!!　ボクたちは穴に落ちています!!」

早口で交わされる話し声が徐々に近づいてきている。

「助けてください!!　ボクた……」

背後からライトが当たった。

「人か!?　そこでなにしてる！」

マドは振り返るとライトに対して目陰をさした。

「まさかキミか？」

別の角度からライトが飛んできて地上の男の顔を一瞬照らした。それはマドが知っている人物——あゆみ地区で分水嶺の探索をした市の職員だった。

マドはひたいから手を下ろして呆然とライトを見つめた。

これは現実だろうか、夢だろうか。現実ならば一生に一度の幸運だ。しかし奇跡のようで、けっして奇跡ではなかったのだ。

エピローグ

路上で行き場を失いかけていた一枚の新聞紙が木枯《こが》らしに吹かれて舞い上がった。その先では垣根から伸びた木の枝が待ち受けており、一度は引っかかったものの、新聞紙はしくじった手品のごとくなにかをつつみ隠して真下に落ちた。

小さく息をのみ、横を通りすぎるときにひたいに手をかざして目だけを伏せた。

（柿の実か……）

マドはコートのフードをかぶると背中を丸めて立ち去った。

さっきは駅前で高校のクラスメイトだった女の子とばったり出くわした。いまは親元を離れて一人暮らしをし、この近くの大学に通っているらしい。いくらかあか抜けて舌もなめらかになった印象があった。話の途中までこっちの身の上を忘れていたようで、その先は言葉選びも慎重になって社交辞令が増えていった。

最後に一つ、少し気になることを教えてくれた。母校が合併で廃校になる予定らしい。まだ二年くらい先の話なので、経歴がこれ以上ややこしくなる前に卒業しておきたいと思った。

千晶との別れは慌ただしいものになった。彼女は毎日のように弁護士と連絡をとっており、その弁護士を事務所に呼ぶこともあったし自分から出向くこともあった。サクラに対する減刑を少しでももぎとるためだ。

闇の組織と遺恨を残すといつまでも身に危険が及びかねない。これをすっきり清算するには法律で根こそぎ裁《さば》いてもらうしかない。その罰は訴えを起こすサクラとてまぬがれることはできない。しかし彼女にはその覚悟がすでにできている。

穴から救い出されたあの日、サクラは千晶の胸の中でこどものように泣いた。

「お母さんが……」「お母さんに……」「お母さんは……」

いままで千晶をそう呼べなかった分、サクラは何度も連呼《れんこ》したのだ。その悲痛《ひつう》な声がいまでも耳に残って離れない。しかしけっして不快ではないし、あのときはさすがにもらい泣きしてしまった。

千晶の愛情を最後はすべてサクラにとられてしまった。忙しくてじゃまだからといってマドは半分追いだされたかたちになった。

しかしそれが里親としての総仕上げだったのだろう。もう二度とあゆみ地区に戻ってくることなく、自分の社会で力強く生きてゆけという意味だ。

（あれ？　行きすぎたかな）

マドは買って間もないスマホをコートのポケットから取り出した。マップのアプリケーションを起動させて現在位置を確かめる。

（やっぱりさっきのところを左だったか）

スマートツールも、広海のような地道なダンキストになって、うまく切り替えて使えるようになれればいいと思っている。

アスファルトにスクールゾーンのペイントが施されている。歩道もはるか先までグリーンのベルトが続いていて、ランドセルを背負ったこどもの影が点々と連なっている。

サクラも小学校までこの道を通ったのだろうか。

自分の影を見つめて歩いていたのかもしれない。次の十字路をにらみつけて歩いていたのかもしれない。冬の日はジャンパーのポケットにかさかさの手を突っこんでいた。はたして、そこに忍ばせていた銀細工のブローチは温かかったのだろうか。

イメージしていた町並みとはかなり違うようだ。町工場があちこちに点在して煙突の細い煙が上がっているものと思っていた。実際はどこにでもありそうな住宅地だ。しかし古い民家が並ぶ中にモダンな家がパッチワークのように混在しており、かつてそこに製作所の看板を掲げた建物があったことを想像させる。

マドは角地《かどち》で足をとめた。

(ここだな)

村本の表札がある。二階建ての木造家屋だ。長らく張り替えられていないのか、屋根瓦には陽《ひ》の光を受けてもいっさいの光沢がない。金属をたたく音も想像していたが、そんな甲高《かんだか》い音どころか中は静まりかえっている。

かつては植木が丈《たけ》を伸ばしていたのだろうか。塀から少しだけ木の先端が飛びだしている。もうその先端には葉も枝もついていない。あたかも白骨化したような、盆栽などに見るシャリ状になっている。ひょっとしたら過去に雷が落ちたのかもしれない。

門柱の呼び鈴《りん》を押そうとしたら玄関の引き違い戸から誰かが出てきた。白髪で、少し背中も丸まった老いた男だ。血圧が高いのか顔が赤みを帯《お》びている。ぞうりを引きずるようにして近づいてきた。

「こんにちは」

マドはいったん背筋を伸ばしてから頭を下げた。

「源《げん》ちゃんかい？　だったら中にいるよ。源ちゃん！　客だ！　相手してやんな！」

にごった声を大きく張り上げた。隣家は二階のベランダに立つ女が鉢植えに水をやる手をとめた。

老人が舌打ちを残して去っていく。サクラの父ではなかったようだ。

再び玄関の引き違い戸が開くまでしばらく待った。そして確かにサクラを男にしたような顔の男が姿を見せた。こちらもぞうり履《ば》き。アッシュカラーの綿パンに、ネイビーを基調としたグラフチェックのシャツを着ている。名前は源治《げんじ》だったはずだ。

「どちらさん？　悪いが明日にしてくれ。今日は休みなんだ」

ピシャリと閉められてしまった。

扉とはそれを開け閉めする人間の分身だと思わされる。閉め方もサクラにそっくりだ。玄関を上がって奥に引っこんでいく影が磨《す》りガラスの向こう側に見えた。

マドは腕組みをし、地団駄を踏みながら体を振った。隣家の二階のベランダに立つ女が哀れな目で見下ろしてくる。

コートのポケットからスマホを取り出し、時計とカレンダーを気休めで確かめた。出直せといわれても、ここはちょくちょく足を運べるような近所ではない。

呼び鈴に手を伸ばそうとしたら三度《みたび》玄関の引き違い戸は開いた。

「おまえ誰だ？」

「わ、若菜といいます！　この前まであゆみ地区にいました！」

「はあん……。おまえいまいくつだ」

「年ですか？　一九です」

「なよっとしてるように見えるけど、いい目してるな。いったいどんな経験をしたらそんな目になるっていうんだ。——上がれ。きれいなところじゃねえけど」

門扉《もんぴ》を抜けて玄関へと進めば、源治の手前から酒の匂いがプンと鼻についた。こんな昼間から飲んでいるのだろうか。思えばさっきの老人も顔が赤かった。

「こっちにこい。おまえにはこっちの敷居をまたがせてやる」

マドはチラッと一度だけ振り返った。塀のこちら側に細い木の残骸が立っていた。やはり過去に雷にでも打たれたのだろう。

戸から入り、壁沿いにタイル張りの細い廊下を源治の背中を追って進んだ。その先には広い土間《どま》があった。

打刃物《うちはもの》の作業場だ。薄暗く、すすけた二枚の窓から淡い光が射しこんでいる。炭なのか機械油なのか、ふだんは嗅ぎ慣れない匂いがほのかに漂《ただよ》っている。

源治は外壁の立て付けの悪い板戸を開けた。手際がぎこちなかったところを見ると、ふだんは閉めきっていて開けることはないのかもしれない。

作業場がとたんに明るくなり、新鮮な空気がいままでの匂いをどこかにさらっていった。

マドは作業場の中を無断で歩きはじめた。

あゆみ地区にいたときには想像できなかった自分だ。いまは好奇心もあって足が前に進んでいく。初めてきたこの場所に自分を〝ねじこませ〟ようとするずうずうしさをはっきりと自覚していた。

ひときわ頑丈そうな鉄組みの機械がある。スプリングハンマーだ。まるでそれ自体が建造物であるかのような存在感を放っている。隅のほうに置かれている円盤をもった機械も目を引く。金属を研磨するグラインダーと呼ばれるものだろうか。壁には整然と工具がぶら下がっている。作りかけと思われる包丁の形をした金属も両手で数え切れないほど並んでいる。

腰の高さにブロックで窯が築かれている。足下には焼き入れのものと思われる水溜《みずため》。ガス炉《ろ》をはさんで少し離れたところにもう一つ火床《ほど》がある。溶接されて作られた笠がその上にぶら下がっている。換気のための管が頭上を走っており、おそらく煙突につながっているのだろう。

ひととおり見て回り、再び同じ場所に戻ってくる。天井から垂れた裸電球。その下に置かれた、作業場にあるべきではない酒の一升瓶と曇ったガラスコップ。

「まあ、それにでも座れや」

背もたれのないパイプ椅子だ。

「失礼します」

源治はというと切り株のような丸太を足で蹴って転がし、そこにドンと腰を下ろしてあぐらをかいた。

「いきなりこんな場所で、ちょっと面食らったか。でもあゆみ地区っていったら似たようなところだろう」

「あそこは半分観光地なので、作業場は努《つと》めてきれいにしていました」

「ここはそうじゃないか」

源治はうつむいて肩を激しく震わせた。

「そういう意味では……、すみません」

「サクラはまたしょっ引かれるんだって？　国見さんから電話をもらった」

「まだ病院にいるので、すべては退院したあとになると思います」

「自慢じゃないが、こんなオレでさえ警察の世話になったことはないぜ。まったく誰に似たんだか」

源治はシャツの袖で汗もかいていないひたいをぬぐった。

「つまりおまえも国見さんのところで暮らしてたってことか」

「はい。サクラさんのことはよく知っています。最近、たくさん知りました」

「いい子だろう」

「え……」

「いい子じゃなけりゃ、もっと荒《すさ》んでいた。あれでも上出来だ。この家から生まれた者としてはな。人に生まれつきなんてねえ。人をつくるのは生きてきた環境だ。それと同じ意味で、こんな汚い作業場でも最高の包丁が生まれるには最高の環境なんだ」

「少し……、わかるような気がします。でもお酒を飲みながら最高の包丁ができますか?」

「今日は休みだっていっただろ」

「週の真ん中が、仕事の休みなんですか?」

「今日はオレの記念日なんだ。だから毎年この日は休みにしている」

「……ちなみになんの記念日で」

「二四年前、オレに娘ができた。だからこうして自分を祝ってる」

マドは眉間を力ませ、そこに深いしわを宿らせた。そしてまじりけのない表情で遠くを意識している源治の目を盗み見た。

それはつまり、サクラの誕生日のことではないのか。源治の記念日ではなく、サクラを祝う誕生日。この場所にサクラがいなくては意味がない。

いったんはそう考えた。

自分の娘の誕生を、自分の幸福としていつまでも祝いつづけられる。屈折しているようにも思えるが、その心理構造はじつはどこもゆがんだところがない。こどもが生まれたときには至福《しふく》をおぼえたはずなのに、時とともにその感動を忘れて失ってゆくのがふつうだ。しかし源治のなかではロウソクのともしびがいまも確実に増えている。

　サクラは幸せ者だ。

　マドはコートの内ポケットに手を入れ、取り出した封筒と樺細工《かばざいく》のペンダントを源治に差しだした。

「サクラさんから預かってきました」

「手紙か……。オレだって携帯電話くらい持ってんだぜ。電話でもメールでも寄こしゃあいいのに」

　源治は乱暴に封を切ると遠ざけた手紙に目を走らせた。

「それでこっちは？　手紙には書かれてなかった」

「明日にでも、燃やしていただけませんか」

「なんだかじじばば臭いな」

　源治は明かりのほうにペンダントを向けて透かした。

「そう見えても分水嶺です。しかもとびきり強力です。少々の〝黒〟でも〝白〟にしますよ」

マドとサクラを救った分水嶺だ。それが探知されたからこそ市の職員はあの穴を見つけてくれたのだ。

あの日あの穴の中で生まれた。どのタイミングで生まれたのかはわからない。どこかのタイミングでマドかサクラ、あるいは二人が自分の運命を変えたのだ。

千鶴が内蔵する乱数発生装置で計測したところ、このペンダントは二％も確率をかたよらせるらしい。しかも非常に小さいので、世界一の積み木よりもおそらく希少だ。

「待ってろ。それならいま火を起こしてやる。オレも分水嶺ってやつは好きになれん」

源治は火床へと進み、表面にかかったすすのようなものを払うと、その下で眠っていた火種《ひだね》を鉄器で掘り起こした。やがてもくもくとした煙が立ち上り、そこにわずかなコークスを加えると赤い炎が噴きだした。

マドも椅子を離れて近くまで見にいった。バーベキュー程度だと高《たか》をくっていたらそれ以上の熱気に襲われた。顔が焼けそうになってたまらず手をかざす。

「おまえ一九っていったな。学校に通ってるのか」

「来年の春から行こうかと」

「どこにある大学だ」

「いいえ、地元の高校です」

「ずいぶん足踏みしてるな。サクラやおまえとくらべたらオレが優等生に思えてくる。――まあいい。おまえ学校出たらここにこい」

「え……、いいんですか？　春からあと一年だけなので、再来年になりますけど」

「やる気があるなら鍛えてやる。鋼《はがね》みたいにな」

マドはあらためて作業場を見回した。

「いいのかな、こんなにとんとん拍子で進んじゃって。でも、物作りをしたいと思っていました。今日はここに上げてもらって、ここかもしれないというインスピレーションもあります。あゆみ地区では感じなかったなにかがここにはあります」

源治が脇の台にいくつか転がっていたかたまりの一つを手渡してきた。

黒くてずっしりと重い。しかし大きさはたかだか俵形《たわらがた》のおむすびくらいしかない。

「これは……、ひょっとして鋼のかたまりですか？」

「ああ、玉鋼《たまはがね》だ。預けておくから、ちょっとは鉄のことを勉強してこい。今度ここにくるときに返せ」

「いいんですか？　こんな高価なもの」

「めったに使わねえ。いまはいい鋼がメーカーから手に入る」

火床のコークスは木の皮で作ったペンダントにはあり余る炎をすでに上げている。

「さっき、表でじいさんとすれ違っただろう」

「はい」

「あれは研《と》ぎ師だ。ここで働いてもらってる。オレが鉄をたたいて、じいさんが研ぐ。もうそこそこ年だから、がんばってもあと二、三年ていう話をしていたところだ。オレも研ぎをおぼえはじめたところだが、まだまだ修行の身だ。そんなときにおまえが弟子入りにきた」

「いいえ、ボクは今日は特に弟子入りをお願いしにきたわけじゃありません。思わぬ誘いをいただきましたが」

「そうか？　サクラの手紙にはおまえのことをよろしくって書いてあったぞ？　一人前にしてやってくれって」

「本当ですか⁉」

源治は隣家の二階のベランダまで届きそうな声で笑った。

「サクラに気に入られたのかもしれねえな。おまえには芯がありそうだ。だからそんな肝の据わった目をしているんだ」

コークスが燃えさかる。源治が火床を離れぎわに樺細工のペンダントを炎の上にコイントスで捨てた。

マドは思わず手を伸ばしかけた。いちおうサクラとの記念の品なので、金ばさみにでもはさんでていねいに焼いてほしかったのだが。

台の上には工具にまぎれて写真立てが伏せられている。それとなく起こしてみれば、縦半分に破られた古い写真が収まっていた。

若かりし源治と、抱かれている赤子はサクラだろう。一生大樹にはなれそうにないやせた木を背後に撮られている。破り捨てられた写真の右半分にはサクラの母が並んでいたのかもしれない。

裸電球の下、源治は切り株のような丸太に腰を下ろしている。そして曇ったガラスコップに一升瓶を傾け、半分ばかり注いだ酒をたちどころにあおった。

「オレの記念日がまた重なるかもしれねえな」

これも運命だったのだろうか。あるいは自分が運命を変えた新しい人生なのだろうか。あの穴の中で二人とも死ぬのが運命だったのならば、強力な分水嶺は時間をかけて二人の命を奪おうとしただろう。

なにもかも真相はわからない。いまは、この先の人生で驚くべきことが起こりそうで、マドにとってはワクワクとする期待のほうが大きかった。

コークスの炎に包まれてペンダントが燃えている。そしてすすになる寸前に桜色のともしびをポッと上げた。

解　説

大森　望

人類は、長い歴史の中で、幾度となくロボットを作ってきた。（中略）新しい技術が開発されるたびに、それを用いて、何の役に立つのか分からないロボットを、繰り返し作ってきたのである。

いま、人間型ロボットを作る技術力を持った我々は、また同じようにロボットを作っている。その理由は、役に立つロボットを作るということよりも、人間を知りたいという、より根源的な欲求に根ざすものであると思う。

——石黒浩『ロボットとは何か　人の心を映す鏡』（講談社）プロローグより

ロボットは人間を映す鏡だとよく言われる。ロボットを作るためには、人間のことを知らなければならないし、ロボットを知れば、人間のこともよくわかる。これはなにも、現実のロボット開発にかぎったことではない。

ロボット工学三原則で有名なアイザック・アシモフの陽電子頭脳シリーズの昔から、ロボットを題材にした小説はたくさん書かれてきたが、そこでもやはり、描かれているのはロボットという鏡に映る人間の姿だ。人間という、よくわからないものを知るための道具として、ロボットがたいへん優れた特徴を持っているということだろう。

物理的なボディを持つロボットだけでなく、人工知能とかAIとか呼ばれる電子的な知性についても事情は同じ。たとえば、世界最高のSF作家とも言われるテッド・チャンの中編「ソフトウェア・オブジェクトのライフサイクル」では、AIを育てることを通じて、人間の成長とその心模様が繊細なタッチで描かれていく。

一方、宮内悠介の連作集『ヨハネスブルグの天使たち』では、自律的な知性など持たないはずの日本製ホビーロボットDX9（少女型の楽器）が、本来の機能とは関係なく、世界のあちこちで落下／転倒することで人間と接触し、人間社会を映し出す。

……と、前置きが長くなったが、三島浩司の書き下ろし最新長編となる本書『クレインファクトリー』もまた、ロボットという鏡を通して人間を描く小説の最新型だ。

三島浩司と言えば、人類の技術レベルを超えたオーバーテクノロジーの産物である大型二足歩行兵器に搭乗し、キッカイと呼ばれる謎の生命体と戦う巨大ロボットアクション『ダイナミックフィギュア』（二〇一一年・早川書房）で一世を風靡《ふうび》したが、同じ二足歩行ロボットでも、本書に出てくるクレイン・シリーズは、人間よりサイズが小さく、外見的にも機能的にも、ダイナミックフィギュアとはまったくタイプが違う。ロボットのタイプが違うだけじゃなく、小説のタイプもほぼ正反対。本書は、ロボットを通じて主人公の成長を描く瑞々《みずみず》しい青春小説であり、いまどきの若者が抱えるさまざまな悩み（人間関係、居場所、仕事……）をロボットによって解きほぐす鮮やかな人間ドラマでもある。

物語の舞台は、かつては此先《このさき》ファクトリーズと呼ばれる先端的な工場地帯だった場所。無人工場が建ち並び、大量のＡＩロボット（自律型ロボット）が働いていたが、いまから七年前、クレイン・シリーズの量産機が爆薬入りの容器を投擲《とうてき》するなどの暴動騒ぎを起こし、〝ロボットの反乱〟〝ロボット戦争〟と大々的に報じられた。

暴動は短時間で収束したものの、無人化路線には急ブレーキがかかり、地区一帯のイメージを一新するため、政府肝煎《きもい》りの伝統工芸保護プロジェクトに乗っかり、「てづくり・ものづくり」を看板に掲げる「あゆみ地区」が誕生。陶芸や木竹工、金工、織物や和紙作りなどの伝統工芸士が全国から集まり、工房を開いている。伝統工芸の一大拠点であると同時に観光名所としても人気が高い。

主人公の若菜窓《わかなマド》は、ある理由から親もとを離れ、高校を休学して、この町特有の里親システムを利用して、国見千晶《くにみちあき》のもとに身を寄せている。といっても、住んでいるのはかつて彼女が経営していた会社の元社員寮だが、目下の悩みは、同じ屋根の下で暮らす五つ年上の里子・村本桜《むらもとサクラ》との関係。気が強いサクラはしじゅう千晶とぶつかり、マドとの間でも軋轢《あつれき》が絶えない。そんな国見家に新しい風を吹き込むのが、美大の三年生で、千晶の甥にあたる末永広海《すえながひろみ》。卒業作品の準備のため、夏休みのあいだ千晶のところに滞在してあゆみ地区で過ごすことになったのである。

ロボットやAIが小説の重要なテーマだというのに、コンピュータやネットワークやスマートフォンがほとんど出てこないのが本書の特徴。いや、出てこないわけではないが、主人公のマドはほとんどそれらを使わず、もっぱら自分の手と体を使っている。生活費を稼ぐためのアルバイトも、手押しワゴンを使ったあゆみクリーニングの配達業務をはじめ、仏具の拭き掃除の手伝いとか、大量の指物《さしもの》を木曽漆器の工房の倉庫に運ぶ手伝いとか、もっぱら肉体労働で、そこに未来感はまったくない。なんなら昭和っぽい雰囲気さえ漂う下町ご近所小説に見えるくらいだ。

しかし、もともと此先ファクトリーズに社屋を構える産業用ロボット設計事務所の社長だった里親の千晶が、暴動を起こしたクレイン・シリーズの開発にも携わってい た――という事実が明らかになるあたりから、マドとロボットの関係が深まっていく。

千晶の目あては、暴動のあと行方が知れないクレイン・シリーズの試作機、「千鶴《ちづる》」を見つけ出すこと。千鶴はロボット戦争の元凶となったばかりか、その後の世界を大きく変えることになる発見を一枚の光磁気ディスクの中に残していた。その名もサウザンド・レポート。それが〝分水嶺《ぶんすいれい》〟の発見につながった。

この〝分水嶺〟が、ロボットと人間をつなぐ、本書のSF的アイデアの核心をなしている。〝分水嶺〟とは、「物が関わるあらゆる現象に対して、その発生確率を増やしたり減らしたりする」効果を持ち、「飛行機が墜落する確率や、感染症が発症する確率などに影響をあたえてくる」という。

体重計だったり物干し竿だったりトランペットだったり、ありとあらゆるものが分水嶺となりうるので、見た目では判別できないが、乱数発生装置を使って探知できる。

大量に集めると想像を超えた現象を引き起こすおそれがあるため、分水嶺の収集と取引は国際条約で禁じられ、分水嶺は発見しだい破壊することになっている。しかし、闇市場では高値で売買され、〝宝探し〟に奔走する人間があとをたたない……。

確率を(ごく小さなレベルで)偏《かたよ》らせる〝分水嶺〟というガジェットには、ちょっとテッド・チャン的なところもあり、SFネタとして非常におもしろい。その科学的な原理は作中では(仮説も含めて)説明されず、その意味ではブラックボックスだが、物語の中では、運命を変えることの象徴として描かれる。量子論的に言えば、シュレーディンガーの猫の生死の確率を動かせるわけで、〝分水嶺〟は、確率に抗《あらが》って生きようとする人間の自由意志の象徴でもある。

物語は、クレイン・シリーズ伝説の試作機である千鶴と、千鶴が発見した〝分水嶺〟と、それに関わることで運命が変わってゆく(あるいは、みずから運命を変えてゆく)人間たちが軸になる。

「あんた、心ってなんだと思う?」小説全体の三分の一を過ぎたあたりで、サクラがマドに、やや唐突にそうたずねる場面がある。

「なぞなぞですか?」と訊《き》き返したマドは、「バッカじゃないの?」と怒鳴られるのだが、この問いが本書全体の通奏低音をなしている。マドは同じ質問を、クレイン・シリーズの量産機である〝ツルちゃん〟に向かって発し、そしてまた、千晶に向かって発する。千晶の答えは非常に示唆的だが（p．248～p．253）、サクラ自身もまたべつの答えにたどりつく（p．349～p．351）。そしてマドがたどりついた答えは、この小説全体の結論と重なる。

一方、SF的な謎については、千鶴が中心になる。千鶴はいったいなぜロボット戦争を起こしたのか？　なぜ分水嶺を研究し、サウザンド・レポートを残したのか？

終盤でその答えが明かされたとき、ロボットであることの悲しみと人間であることの悲しみがすとんと読者の胸に落ちる。ロボットを心の鏡にすることで、マドの成長も素直に納得できる。

この解説の冒頭に引いた『ロボットとは何か』の中で、世界的なロボット工学者である石黒浩は、「人に心はなく、人は互いに心を持っていると信じているだけである」とのっけから宣言する。だとしたら、それと同じような意味で、ロボットも心を持つことができるはずだ。しかし、「心を持っていると信じるためには何が必要なのだろうか？（中略）そもそも『信じる』とはどうすることなのだろうか？」

この問題を考えるための、もっとも優れた〝心の鏡〟となるのがロボットだ。「ただ、いくら鏡があっても、それは鏡である。その中身を、その実体を見ることはできない。ただ、見ていることに、人間とは何かを考えることに、満足するしかないのである」と、石黒氏は同書を結んでいる。

ロボットと同様、優れたSFもまた、人間の心を映す鏡になる。本書を読み終えた人は、前より少しだけ、人間のことがわかったような気分になれるかもしれない。

二〇二一年三月

この作品は徳間文庫のために書下されました。
なお本作品はフィクションであり実在の個人・団体などとは一切関係がありません。

徳間文庫

クレインファクトリー

2021年4月15日 初刷

著者 三《み》島《しま》浩《こう》司《じ》
発行者 小宮英行
発行所 株式会社徳間書店
東京都品川区上大崎三-一-一 〒141-8202
目黒セントラルスクエア
電話 編集〇三(五四〇三)四三四九
販売〇四九(二九三)五五二一
振替 〇〇一四〇-〇-四四三九二
印刷
製本 大日本印刷株式会社

ISBN978-4-19-894642-5 (乱丁、落丁本はお取りかえいたします)